济南的冬天

Ji Nan De Dong Tian

著

CTPH
中国出版集团
中译出版社

图书在版编目（CIP）数据

济南的冬天 / 老舍著. --北京：中译出版社，
2020.12
基础教育阅读工程
ISBN 978-7-5001-6228-5

Ⅰ. ①济… Ⅱ. ①老… Ⅲ. ①散文集 – 中国 – 现代
Ⅳ. ①I266

中国版本图书馆CIP数据核字（2020）第265796号

出版发行：中译出版社
地　　址：北京市西城区车公庄大街甲4号物华大厦6层
电　　话：（010）68359376；68359827（发行部）；68357328（编辑部）
传　　真：（010）68357870　　　　**邮　　编**：100044
电子邮箱：book@ctph.com.cn
网　　址：http: //www.ctph.com.cn

责任编辑：温晓芳
封面设计：曹柏光

排　　版：北京华夏墨香文化传媒有限公司
印　　刷：三河市东兴印刷有限公司
经　　销：新华书店

规　　格：880mm × 1230mm　1/32
印　　张：5
字　　数：96千字
版　　次：2022年1月第1版
印　　次：2022年1月第1次

ISBN 978-7-5001-6228-5　　　　**定价**：28.00元

图书若有质量问题，请拨打以下电话进行调换。
电话：010-59625116

出版说明

一个人的阅读史就是他的心灵史、精神成长史。在资讯高度发达、网络和移动终端普及的今天，中小学生在繁重的课业之余，应该选择什么样的书阅读，如何让自己的精神世界更丰盈饱满，而不被繁重的课业搞得很焦虑，不被游戏、娱乐资讯等占用宝贵的时间，使得身心疲惫，甚至偏离正常的生活轨道。这是摆在教育者、家长和学生面前的一道难题，解决之道便是读好书。

经典阅读在人的成长过程中的重要性怎么强调都不过分，前人有关这方面的论述很多，最知名的是培根的名言："读史使人明智，读诗使人灵秀，数学使人精密，哲理使人深刻，伦理学使人有修养，逻辑修辞之学使人善辩。"中国论读书的名言也很多，像"学而不思则罔，思而不学则殆"（《论语》），"读书破万卷，下笔如有神"（杜甫），"书到用时方恨少，事非经过不知难"（陆游），"数百年旧家无非积德，第一件好事还是读书"（张元济），等等，不胜枚举。

教育部新编语文教材在每个单元后都向中小学生推荐了阅读书目。2020 年 4 月 22 日，教育部在世界读书日这一天又发布了“中小学生阅读指导书目”。这些人类文化史上的经典是很多专家根据中小学生的身心特点而建构的知识体系，孩子们阅读这些经典作品后会受益终身。

中译出版社编辑出版的“基础教育阅读工程”丛书，收入了教育部发布的《中小学生阅读指导目录（2020年版）》中的很多经典著作，它是中译出版社多年积淀的宝贵精神财富。中译出版社是一家以中外语言学习和中外文化交流为出版特色的出版社，数十年如一日，出版了大量国内外文学名著、社会科学经典著作、科普名作、名人传记等。我们秉持提供优秀读物的初心，策划出版了这套中小学生语文分级阅读经典，希望给孩子们带去一场非凡的阅读体验。

前 言

最妙的是下点小雪呀。看吧，山上的矮松越发的青黑，树尖上顶着一髻儿白花，好像日本看护妇。山尖全白了，给蓝天镶上一道银边。山坡上，有的地方雪厚点，有的地方草色还露着，这样，一道儿白，一道儿暗黄，给山们穿上一件带水纹的花衣；看着看着，这件花衣好像被风儿吹动，叫你希望看见一点更美的山的肌肤。等到快日落的时候，微黄的阳光斜射在山腰上，那点薄雪好像忽然害了羞，微微露出点粉色。就是下小雪吧，济南是受不住大雪的，那些小山太秀气！

……

看吧，由澄清的河水慢慢往上看吧，空中，半空中，天上，自上而下全是那么清亮，那么蓝汪汪的，整个的是块空灵的蓝水晶。这块水晶里，包着红屋顶，黄草山，像地毯上的小团花的小灰色树影。这就是冬天的济南。

这就是《济南的冬天》里关于“雪”的一处描写。济南的山秀气，雪也秀气，冬天也便十分秀气。只这样小小的一段，我们就可以看出作者对于风景、风情的叙

述非常灵动且生活化。

作者老舍，本名舒庆春，是中国现代著名小说家、文学家、京派文学领袖、杰出的语言大师，他也是中华人民共和国第一位获得“人民艺术家”称号的作家。老舍的文字非常有自己的特色，既幽默风趣，又充满了对社会人情世故的描写，既能够发现生活中的细微之处，又能够看到整个社会的宏观景象。他无论写人、写物、写景、写情，落笔非常轻松自然、生活气息浓厚，但是，往深处挖掘，便能看到一种人世、人情、人性的沉重和现实残酷。这些文字特点都表现在他的经典代表作里，包括《骆驼祥子》《四世同堂》《茶馆》《龙须沟》《我这一辈子》等。

这本《济南的冬天》就是老舍先生的代表作之一，也是一本散文合集。这本合集收录了很多老舍先生的名篇，包括《济南的冬天》《春风》《想北平》《猫》《小动物们》《我的母亲》《五月的青岛》《北京的春节》，等等。我们从中可以看到彼时作者所描述的各种生活场景，一座城市和一个季节，三教九流的人物，社会中人的喜怒哀乐，彼时的风俗民情，作者曾有的各种回忆，等等。

老舍的文字不晦涩，老幼妇孺都可以读懂。这本《济南的冬天》更是选取了很多生活化很强的文章，即便是小孩子，读来也可以有很强的审美性和可视性。如此，

前　言

最妙的是下点小雪呀。看吧，山上的矮松越发的青黑，树尖上顶着一髻儿白花，好像日本看护妇。山尖全白了，给蓝天镶上一道银边。山坡上，有的地方雪厚点，有的地方草色还露着，这样，一道儿白，一道儿暗黄，给山们穿上一件带水纹的花衣；看着看着，这件花衣好像被风儿吹动，叫你希望看见一点更美的山的肌肤。等到快日落的时候，微黄的阳光斜射在山腰上，那点薄雪好像忽然害了羞，微微露出点粉色。就是下小雪吧，济南是受不住大雪的，那些小山太秀气！

……

看吧，由澄清的河水慢慢往上看吧，空中，半空中，天上，自上而下全是那么清亮，那么蓝汪汪的，整个的是块空灵的蓝水晶。这块水晶里，包着红屋顶，黄草山，像地毯上的小团花的小灰色树影。这就是冬天的济南。

这就是《济南的冬天》里关于“雪”的一处描写。济南的山秀气，雪也秀气，冬天也便十分秀气。只这样小小的一段，我们就可以看出作者对于风景、风情的叙

述非常灵动且生活化。

作者老舍，本名舒庆春，是中国现代著名小说家、文学家、京派文学领袖、杰出的语言大师，他也是中华人民共和国第一位获得“人民艺术家”称号的作家。老舍的文字非常有自己的特色，既幽默风趣，又充满了对社会人情世故的描写，既能够发现生活中的细微之处，又能够看到整个社会的宏观景象。他无论写人、写物、写景、写情，落笔非常轻松自然、生活气息浓厚，但是，往深处挖掘，便能看到一种人世、人情、人性的沉重和现实残酷。这些文字特点都表现在他的经典代表作里，包括《骆驼祥子》《四世同堂》《茶馆》《龙须沟》《我这一辈子》等。

这本《济南的冬天》就是老舍先生的代表作之一，也是一本散文合集。这本合集收录了很多老舍先生的名篇，包括《济南的冬天》《春风》《想北平》《猫》《小动物们》《我的母亲》《五月的青岛》《北京的春节》，等等。我们从中可以看到彼时作者所描述的各种生活场景，一座城市和一个季节，三教九流的人物，社会中人的喜怒哀乐，彼时的风俗民情，作者曾有的各种回忆，等等。

老舍的文字不晦涩，老幼妇孺都可以读懂。这本《济南的冬天》更是选取了很多生活化很强的文章，即便是小孩子，读来也可以有很强的审美性和可视性。如此，

前　言

最妙的是下点小雪呀。看吧，山上的矮松越发的青黑，树尖上顶着一髻儿白花，好像日本看护妇。山尖全白了，给蓝天镶上一道银边。山坡上，有的地方雪厚点，有的地方草色还露着，这样，一道儿白，一道儿暗黄，给山们穿上一件带水纹的花衣；看着看着，这件花衣好像被风儿吹动，叫你希望看见一点更美的山的肌肤。等到快日落的时候，微黄的阳光斜射在山腰上，那点薄雪好像忽然害了羞，微微露出点粉色。就是下小雪吧，济南是受不住大雪的，那些小山太秀气！

……

看吧，由澄清的河水慢慢往上看吧，空中，半空中，天上，自上而下全是那么清亮，那么蓝汪汪的，整个的是块空灵的蓝水晶。这块水晶里，包着红屋顶，黄草山，像地毯上的小团花的小灰色树影。这就是冬天的济南。

这就是《济南的冬天》里关于“雪”的一处描写。济南的山秀气，雪也秀气，冬天也便十分秀气。只这样小小的一段，我们就可以看出作者对于风景、风情的叙

述非常灵动且生活化。

作者老舍，本名舒庆春，是中国现代著名小说家、文学家、京派文学领袖、杰出的语言大师，他也是中华人民共和国第一位获得“人民艺术家”称号的作家。老舍的文字非常有自己的特色，既幽默风趣，又充满了对社会人情世故的描写，既能够发现生活中的细微之处，又能够看到整个社会的宏观景象。他无论写人、写物、写景、写情，落笔非常轻松自然、生活气息浓厚，但是，往深处挖掘，便能看到一种人世、人情、人性的沉重和现实残酷。这些文字特点都表现在他的经典代表作里，包括《骆驼祥子》《四世同堂》《茶馆》《龙须沟》《我这一辈子》等。

这本《济南的冬天》就是老舍先生的代表作之一，也是一本散文合集。这本合集收录了很多老舍先生的名篇，包括《济南的冬天》《春风》《想北平》《猫》《小动物们》《我的母亲》《五月的青岛》《北京的春节》，等等。我们从中可以看到彼时作者所描述的各种生活场景，一座城市和一个季节，三教九流的人物，社会中人的喜怒哀乐，彼时的风俗民情，作者曾有的各种回忆，等等。

老舍的文字不晦涩，老幼妇孺都可以读懂。这本《济南的冬天》更是选取了很多生活化很强的文章，即便是小孩子，读来也可以有很强的审美性和可视性。如此，

对于孩子来说，既可以欣赏大家经典，也可以对彼时人们的生活状态有一种了解。在老舍先生的字里行间，去感受生活，感受人性，感受社会，感受这个世界。

现当代著名美学家、文艺理论家朱光潜先生在提到老舍先生的时候，曾经说道："据我接触到的世界文学情报，全世界得到公认的中国新文学家也只有沈从文与老舍。"著名的中国作家巴金对老舍先生的评价也很高，他说道："老舍先生永远活在他的作品当中，活在一代代读者心中，活在人民中间。"得到这样的评价，或许正是因为老舍是一位记录者，一位关于自己的故事的记录者，一位关于老百姓的故事的记录者，那些曾经出现过的人，如走街串巷的路人，如城市里的风光，如四季不断乱转的风景，如那些曾经出现过的猫儿、狗儿、鸟儿……老舍把曾经的生活如画卷般展现在我们的眼前。

目　录

济南的冬天 001

济南的秋天 004

非正式的公园 007

趵突泉 010

小麻雀 012

春风 015

小动物们 018

小动物们（鸽）续 025

想北平 033

大明湖之春 037

五月的青岛 041

宗月大师 045

母鸡 050

在乡下 052

小病 054

“住”的梦 057

可爱的成都 060

我的母亲 065

北京的春节 072

养花 076

落花生 078

猫 081

林海 084

草原 088

风景区 091

春来忆广州 093

到了济南 097

讨论 106

考而不死是为神 111

什么是幽默 113

辞工 116

有声电影 119

画像 123

小白鼠 128

小木头人 130

济南的冬天

对于一个在北平住惯的人，像我，冬天要是不刮风，便觉得是奇迹；济南的冬天是没有风声的。对于一个刚由伦敦回来的人，像我，冬天要能看得见日光，便觉得是怪事；济南的冬天是响晴的。自然，在热带的地方，日光是永远那么毒，响亮的天气，反有点叫人害怕。可是，在北中国的冬天，而能有温晴的天气，济南真得算个宝地。

设若单单是有阳光，那也算不了出奇。请闭上眼睛想：一个老城，有山有水，全在天底下晒着阳光，暖和安适地睡着，只等春风来把它们唤醒，这是不是个理想的境界?

小山整把济南围了个圈儿，只有北边缺着点口儿。这一圈小山在冬天特别可爱，好像是把济南放在一个小摇篮里，它们安静不动地低声地说："你们放心吧，这儿准保暖和。"真的，济南的人们在冬天是面上含笑的。他们一看那些小山，心中便觉得有了着落，有了依靠。他们由天上看到山上，便不知不觉地想起："明天也许就是春天了吧？这样的温暖，今天夜里山草也许就绿起来了吧？"就是这点幻想不能一时实现，他们也并不着急，因为这样慈善的冬天，干啥还希望别的呢！

最妙的是下点小雪呀。看吧，山上的矮松越发的青黑，树尖上顶着一髻儿白花，好像日本看护妇。山尖全白了，给蓝天镶上一道银边。山坡上，有的地方雪厚点，有的地方草色还露着，这样，一道儿白，一道儿暗黄，给山们穿上一件带水纹的花衣；看着看着，这件花衣好像被风儿吹动，叫你希望看见一点更美的山的肌肤。等到快日落的时候，微黄的阳光斜射在山腰上，那点薄雪好像忽然害了羞，微微露出点粉色。就是下小雪吧，济南是受不住大雪的，那些小山太秀气！

古老的济南，城里那么狭窄，城外又那么宽敞，山坡上卧着些小村庄，小村庄的房顶上卧着点雪，对，这是张小水墨画，也许是唐代的名手画的吧。

那水呢，不但不结冰，倒反在绿萍上冒着点热气，水藻真绿，把终年贮蓄的绿色全拿出来了。天儿越晴，水藻越绿，就凭这些绿的精神，水也不忍得冻上，况且那些长枝的垂柳还要在水里照个影儿呢！看吧，由澄清的河水慢慢往上看吧，空中，半空中，天上，自上而下全是那么清亮，那么蓝汪汪的，整个的是块空灵的蓝水晶。这块水晶里，包着红屋顶，黄草山，像地毯上的小团花的灰色树影。这就是冬天的济南。

济南的秋天

济南的秋天是诗境的。设若你的幻想中有个中古的老城，有睡着了的大城楼，有狭窄的古石路，有宽厚的石城墙，环城流着一道清溪，倒映着山影，岸上蹲着红袍绿裤的小妞儿。你的幻想中要是这么个境界，那便是个济南。设若你幻想不出——许多人是不会幻想的——请到济南来看看吧。

请你在秋天来。那城，那河，那古路，那山影，是终年给你预备着的。可是，加上济南的秋色，济南由古朴的画境转入静美的诗境中了。这个诗意的秋光秋色是济南独有的。上帝把夏天的艺术赐给瑞士，把春天的赐给西湖，秋和冬的全赐给了济南。秋和冬是不好分开的，秋睡熟了一点便是冬，上帝不愿意把它忽然唤醒，所以作个整人情，连秋带冬全给了济南。

诗的境界中必须有山有水。那么，请看济南吧。那颜色不同、方向不同、高矮不同的山，在秋色中便越发的不同了。以颜色说吧，山腰中的松树是青黑的，加上秋阳的斜射，那片青黑便多出些比灰色深、比黑色浅的颜色，把旁边的黄草盖成一层灰中透黄的阴影。山脚是镶着各色条子的，一层层的，有的黄，有的灰，有的绿，有的似乎是藕荷色儿。山顶上的色儿也随着太阳的转移而不同。山顶的颜色不同还不重要，山腰中的颜色不同才真叫人想作几句诗。山腰中的颜色是永远在那儿变动，特别是在秋天，那阳光能够忽然清凉一会儿，忽然又温暖一会儿，这个变动并不激烈，可是山上的颜色觉得出这个变化，而立刻随着变换。忽然黄色更真了一些，忽然又暗了一些，忽然像有层看不见的薄雾在那儿流动，忽然像有股细风替“自然”调合着彩色，轻轻地抹上一层各色俱全而全是淡美的色道儿。有这样的山，再配上那蓝的天，晴暖的阳光；蓝得像要由蓝变绿了，可又没完全绿了；晴暖得要发燥了，可是有点凉风，正像诗一样的温柔，这便是济南的秋。况且因为颜色的不同，那山的高低也更显然了。高的更高了些，低的更低了些，山的棱角曲线在晴空中更真了，更分明了，更瘦硬了。看山顶上那个塔！

再看水。以量说，以质说，以形式说，哪儿的水能比济南？有泉——到处是泉——有河，有湖，这是由形式上分。不管是泉是河是湖，全是那么清，全是那么甜，哎呀，济南是“自然”的 Sweet heart 吧？大明湖夏日的莲花，城河的绿柳，自然是美好的了。可是看水，是要看秋水的。济南有秋山，又有秋水，这个秋才算个秋，因为秋神是在济南住家的。先不用说别的，只说水中的绿藻吧。那份儿绿色，除了上帝心中的绿色，恐怕没有别的东西能比拟的。这种鲜绿全借着水的清澄显露出来，好像美人借着镜子鉴赏自己的美。是的，这些绿藻是自己享受那水的甜美呢，不是为谁看的。它们知道它们那点绿的心事，它们终年在那儿吻着水皮，做着绿色的香梦。淘气的鸭子，用黄金的脚掌碰它们一两下。浣女的影儿，吻它们的绿叶一两下。只有这个，是它们的香甜的烦恼。羡慕死诗人呀!

在秋天，水和蓝天一样的清凉。天上微微有些白云，水上微微有些波皱。天水之间，全是清明，温暖的空气，带着一点桂花的香味。山影儿也更真了。秋山秋水虚幻地吻着。山儿不动，水儿微响。那中古的老城，带着这片秋色秋声，是济南，是诗。

非正式的公园

济南的公园似乎没有引动我描写它的力量，虽然我还想写那么一两句；现在我要写的地方，虽不是公园，可是确比公园强得多，所以——非正式的公园；关于那正式的公园，只好，虽然还想写那么一两句，待之将来。

这个地方便是齐鲁大学。专从风景上看，齐大在济南的南关外，空气自然比城里的新鲜，这已得到成个公园的最要条件。花木多，又有了成个公园的资格。确是有许多人到那里玩，意思是拿它当作——非正式的公园。

逛这个非正式的公园以夏天为最好。春天花多，秋天树叶美，但是只在夏天才有“景”，冬天没有什么特色。

当夏天，进了校门便看见一座绿楼，楼前一大片绿草地，楼的四周全是绿树，绿树的尖上浮着一两个山峰，因为绿树太密了，所以看不见树后的房子与山腰，使你猜不到绿荫后边还有什么；深密伟大，你不由得深吸一口气。绿楼？真的，“爬山虎”的深绿肥大的叶一层一层的把楼盖满，只露着几个白边的窗户；每阵小风，使那层层的绿叶掀动，横着竖着都动得有规律，一片壁立的绿浪。

往里走吧，沿着草地——草地边上不少的小蓝花呢——到了那绿荫深处。这里都是枫树，树下四条洁白的石凳，围着一片花池。花池里虽没有珍花异草，可是也有可观；况且往北有一条花径，全是小红玫瑰。花径的北端有两大片洋葵，深绿叶，浅红花；这两片花的后面又有一座楼，门前的白石阶栏像享受这片鲜花的神龛。楼的高处，从绿槐的密叶的间隙里看到，有一个大时辰钟。

往东西看，西边是一进校门便看见的那座楼的侧面与后面，与这座楼平行，花池东边还有一座；这两座楼的侧面山墙，也都是绿的。花径的南端是白石的礼堂，堂前开满了百日红，壁上也被绿蔓爬匀。那两座楼后，两大片草地，平坦，深绿，像张绿毯。这两块草地的南端，又有两座楼，四周围蔷薇做成短墙。设若你坐在石凳上，无论往哪边看，视线所及不是红花，便是绿叶；就是往上下看吧：下面是绿草，红花，与树影；上面是绿枫树叶。往平里看，有时从树隙花间看见女郎的一两把小白伞，有时看见男人的白大衫。伞上衫上时时落上些绿的叶影。人不多，因为放暑假了。

拐过礼堂，你看见南面的群山，绿的。山前的田，绿的。一个绿海，山是那些高的绿浪。礼堂的左右，东西两条绿径，树荫很密，几乎见不着阳光。顺着这绿径走，不论是往西往东，你看见些小的楼房，每处有个小花园。园墙都是矮松做的。

春天的花多，特别是丁香和玫瑰，但是绿得不到家。秋天的红叶美，可是草变黄了。冬天树叶落净，在园中便

看见了山的大部分，又欠深远的意味。只有夏天，一切颜色消沉在绿的中间，由地上一直绿到树上浮着的绿山峰，成为以绿为主色的一景。

趵突泉

千佛山、大明湖和趵突泉，是济南的三大名胜，现在单讲趵突泉。

在西门外的桥上，便看见一溪活水，清浅，鲜洁，由南向北流着。这就是由趵突泉流出来的。假如没有这泉，济南定会丢失一半的美。

泉太好了。泉池是差不多见方的，三个泉口偏西，北边便是条小溪，流向西门去。看那三个大泉，一年四季，昼夜不停，老那么翻滚。你立定呆呆地看三分钟，便觉得自然的伟大，使你再不敢正眼去看。永远那么纯洁，永远那么活泼，永远那么鲜明，冒，冒，冒，好像永远不感到疲乏，只有自然有这样的力量！冬天更好，泉上起了一片热气，白而轻软，在深绿的长长的水藻上飘荡着，不由你不想一种似乎神秘的境界。

池边还有小泉呢：有的像大鱼吐水，极轻快地上来一串水泡；有的像一串明珠，走到中途又歪下去，真像一串珍珠在水里斜放着；有的半天才上来一个水泡，大、扁一点，慢慢地，有姿态地摇动上来，碎了。看，又来一个！有的好几串小碎珠一齐挤上来，像一朵攒得很整齐的珠花，雪白；有的……这比那大泉还更有趣。

新近为增加河水的水量，又下了六根铁管，做成六个泉眼，水流得也很旺，但是我还是爱那原来的三个。

小麻雀

雨后，院里来了个麻雀，刚长全了羽毛。它在院里跳，有时飞一下，不过是由地上飞到花盆沿上，或由花盆上飞下来。看它这么飞了两三次，我看出来：它并不会飞得再高一些，它的左翅的几根长翎拧在一处，有一根特别的长，似乎要脱落下来。我试着往前凑，它跳一跳，可是又停住，看着我，小黑豆眼带出点要亲近我又不完全信任的神气。我想到了：这是个熟鸟，也许是自幼便养在笼中的。所以它不十分怕人。

可是它的左翅也许是被养着它的或别个孩子给扯坏，所以它爱人，又不完全信任。想到这个，我忽然的很难过。一个飞禽失去翅膀是多么可怜。这个小鸟离了人恐怕不会活，可是人又那么狠心，伤了它的翎羽。它被人毁坏了，而还想依靠人，多么可怜！它的眼带出进退为难的神情，虽然只是那么个小而不美的小鸟，它的举动与表情可露出极大的委屈与为难。它是要保全它那点生命，而不晓得如何是好。对它自己与人都没有信心，而又愿找到些倚靠。它跳一跳，停一停，看着我，又不敢过来。

我想拿几个饭粒诱它前来，又不敢离开，我怕小猫来扑它。可是小猫并没在院里，我很快地跑进厨房，抓来了几个饭粒。及至我回来，小鸟已不见了。我向外院跑去，小猫在影壁前的花盆旁蹲着呢。我忙去驱逐它，它只一扑，把小鸟擒住！被人养惯的小麻雀，连挣扎都不会，尾与爪在猫嘴旁耷拉着，和死去差不多。

瞧着小鸟，猫一头跑进厨房，又一头跑到西屋。我不敢紧追，怕它更咬紧了，可又不能不追。虽然看不见小鸟的头部，我还没忘了那个眼神。那个预知生命危险的眼神。那个眼神与我的好心中间隔着一只小白猫。来回跑了几次，我不追了。追上也没用了，我想，小鸟至少已半死了。猫又进了厨房，我愣了一会儿，赶紧的又追了去；那两个黑豆眼仿佛在我心内睁着呢。进了厨房，猫在一条铁筒——冬天生火通烟用的，春天拆下来便放在厨房的墙角——旁蹲着呢。小鸟已不见了。

铁筒的下端未完全扣在地上，开着一个不小的缝儿，小猫用脚往里探。我的希望回来了，小鸟没死。小猫本来才四个来月大，还没捉住过老鼠，或者还不会杀生，只是叼着小鸟玩一玩。正在这么想，小鸟忽然出来了，猫倒像吓了一跳，往后躲了躲。小鸟的样子，我一眼便看清了，登时使我要闭上了眼。小鸟几乎是蹲着，胸离地很近，像人害肚痛蹲在地上那样。它身上并没血。身子可似乎是蜷在一块，非常的短。头低着，小嘴指着地。

那两个黑眼珠非常的黑，非常的大，不看什么，就那么顶黑顶大地愣着。它只有那么一点活气，都在眼里，像是等着猫再扑它，它没力量反抗或逃避；又像是等着猫赦免了它，或是来个救星。生与死都在这俩眼里，而并不是清醒的。它是糊涂了，昏迷了；不然为什么由铁筒中出来呢？可是，虽然昏迷，到底有那么一点说不清的，生命根源的，希望。这个希望使它注视着地上，等着，等着生或死。它怕得非常的忠诚，完全把自己交给了一线的希望，一点也不动。像把生命要从两眼中流出，它不叫，不动。

小猫没再扑它，只试着用小脚碰它。它随着击碰倾侧，头不动，眼不动，还呆呆地注视着地上。但求它能活着，它就决不反抗。可是并非全无勇气，它是在猫的面前不动！我轻轻地过去，把猫抓住。将猫放在门外，小鸟还没动。我双手把它捧起来。它确是没受了多大的伤，虽然胸上落了点毛。它看了我一眼！

我没主意：把它放了吧，它准是死！养着它吧，家中没有笼子。我捧着它好像世上一切生命都在我的掌中似的，我不知怎样好。小鸟不动，蜷着身，两眼还那么黑，等着！愣了好久，我把它捧到卧室里，放在桌子上，看着它，它又愣了半天，忽然头向左右歪了歪，用它的黑眼瞟了一下；又不动了，可是身子长出来一些，还低头看着，似乎明白了点什么。

春风

济南与青岛是多么不相同的地方呢！一个设若比作穿肥袖马褂的老先生，那一个便应当是摩登的少女。可是这两处不无相似之点。拿气候说吧，济南的夏天可以热死人，而青岛是有名的避暑所在；冬天，济南也比青岛冷。但是，两地的春秋颇有点相同。济南到春天多风，青岛也是这样；济南的秋天是长而晴美，青岛亦然。

对于秋天，我不知应爱哪里的：济南的秋是在山上，青岛的是海边。济南是抱在小山里的；到了秋天，小山上的草色在黄绿之间，松是绿的，别的树叶差不多都是红与黄的。就是那没树木的山上，也增多了颜色——日影、草色、石层，三者能配合出种种的条纹，种种的影色。配上那光暖的蓝空，我觉到一种舒适安全，只想在山坡上似睡非睡地躺着，躺到永远。

青岛的山——虽然怪秀美——不能与海相抗，秋海的波还是春样的绿，可是被清凉的蓝空给开拓出老远，平日看不见的小岛清楚地点在帆外。这远到天边的绿水使我不愿思想而不得不思想；一种无目的的思虑，要思虑而心中反倒空虚了些。济南的秋给我安全之感，青岛的秋引起我甜美的悲哀。我不知应当爱哪个。

两地的春可都被风给吹毁了。所谓春风，似乎应当温柔，轻吻着柳枝，微微吹皱了水面，偷偷地传送花香，同情地轻轻掀起禽鸟的羽毛。济南与青岛的春风都太粗猛。济南的风每每在丁香、海棠开花的时候把天刮黄，什么也看不见，连花都埋在黄暗中，青岛的风少一些沙土，可是狡猾，在已很暖的时节忽然来一阵或一天的冷风，把一切都送回冬天去，棉衣不敢脱，花儿不敢开，海边翻着愁浪。

两地的风都有时候整天整夜地刮。春夜的微风送来雁叫，使人似乎多些希望。整夜的大风，门响窗户动，使人不英雄地把头埋在被子里；即使无害，也似乎不应该如此。对于我，特别觉得难堪。我生在北方，听惯了风，可也最怕风。听是听惯了，因为听惯才知道那个难受劲儿。它老使我坐卧不安，心中游游摸摸的，干什么不好，不干什么也不好。它常常打断我的希望：听见风响，我懒得出门，觉得寒冷，心中渺茫。春天仿佛应当有生气，应当有花草，这样的野风几乎是不可原谅的！

我倒不是个弱不禁风的人，虽然身体不很足壮。我能受苦，只是受不住风。别种的苦处，多少是在一个地方，多少有个原因，多少可以设法减除；对风是干没办法。总不在一个地方，到处随时使我的脑子晃动，像怒海上的船。它使我说不出为什么苦痛，而且没法子避免。它自由的刮，我死受着苦。我不能和风去讲理或吵架。单单在春天刮这样的风！可是跟谁讲理去呢？苏杭的春天应当没有这不得人心的风吧？我不准知道，而希望如此。好有个地方去“避风”呀！

小动物们

鸟兽们自由地生活着，未必比被人豢养着更快乐。据调查鸟类生活的专门家说，鸟啼绝不是为使人爱听，更不是以歌唱自娱，而是占据猎取食物的地盘的示威；鸟类的生活是非常的艰苦。兽类的互相残食是更显然的。这样，看见笼中的鸟，或柙中的虎，而替它们伤心，实在可以不必。可是，也似乎不必替它们高兴；被人养着，也未尽舒服。生命仿佛是老在魔鬼与荒海的夹缝儿，怎样也不好。

我很爱小动物们。我的“爱”只是我自己觉得如此；到底对被爱的有什么好处，不敢说。它们是这样受我的恩养好呢，还是自由地活着好呢？也不敢说。把养小动物们看成一种事实，我才敢说些关于它们的话。下面的述说，那么，只是为述说而述说。

先说鸽子。我的幼时，家中很贫。说出“贫”来，为是声明我并养不起鸽子；鸽子是种费钱的活玩艺儿。可是，我的两位姐丈都喜欢玩鸽子，所以我知道其中的一点儿故典。我没事儿就到两家去看鸽，也不断随着姐丈们到鸽市去玩；他们都比我大着二十多岁。我的经验既是这样来的，而且是幼时的事，恐怕说得不能很完全了；有好多鸽子名已想不起来了。

鸽的名样很多。以颜色说，大概应以灰、白、黑、紫为基本色儿。可是全灰全白全黑全紫的并不值钱。全灰的是楼鸽，院中撒些米就会来一群；物是以缺者为贵，楼鸽太普罗。有一种比楼鸽小，灰色也浅一些的，才是真正的“灰”；但也并不很贵重。全白的，大概就叫“白”吧，我记不清了。全黑的叫黑儿，全紫的叫紫箭，也叫猪血。

猪血们因为羽色单调，所以不值钱，这就容易想到值钱的必是杂色的。杂色的种类多极了，就我所知道的——并且为清楚起见——可以分作下列的四大类：点子、乌、环、玉翅。点子是白身腔，只在头上有手指肚大的一块黑，或紫；尾是随着头上那个点儿，黑或紫。这叫作黑点子和紫点子。乌与点子相近，不过是头上的黑或紫延长到肩与胸部。这叫黑乌或紫乌。这种又有黑翅的或紫翅的，名铁翅乌或铜翅乌——这比单是乌又贵重一些。还有一种，只有黑头或紫头，而尾是白的，叫作黑乌头或紫乌头；比乌的价钱要贱一些。刚才说过了，乌的头部的黑或紫毛是后齐肩，前及胸的。假若黑或紫毛只是由头顶到肩部，而前面仍是白的，这便叫作老虎帽，因为很像廿年前通行的风帽；这种确是非常的好看，因而价值也就很高。在民国初年，兴了一阵子蓝乌和蓝乌头，头尾如乌，而是灰蓝色儿的。这种并不好看，出了一阵子风头也就拉倒了。

环，简单得很：全白而项上有一黑圈者叫墨环；反之，全黑而项上有白圈者是玉环。此外有紫环，全白而项上有一紫环。“环”这种鸽似乎永远不大高贵。大概可以这么说，白尾的鸽是不易与黑尾或紫尾的相抗，因为白尾的飞起来不大美。

玉翅是白翅边的。全灰而有两白翅是灰玉翅；还有黑玉翅、紫玉翅。所谓白翅，有个讲究：翅上的白翎是左七右八。能够这样，飞起来才正好，白边儿不过宽，也不过窄。能生成就这样的，自然很少，所以鸽贩常常作假，硬插上一两根，或拔去些，是常有的事。这类中又有变种：玉翅而有白尾的，比如一只黑鸽而有左七右八的白翅翎，同时又是白尾，便叫作三块玉。灰的、紫的，也能这样。要是连头也是白的呢便叫作四块玉了。四块玉是较比有些价值的。

在这四大类之外，还有许多杂色的鸽。如鹤袖，如麻背，都有些价值，可不怎么十分名贵。在北平，差不多是以上述的四大类为主。新种随时有，也能时兴一阵，可都不如这四类重要与长远。

就这四大类说，紫的老比别的颜色高贵。紫色儿不容易长到好处，太深了就遭猪血之诮，太浅了又黄不唧的寒酸。况且还容易长“花了”呢，特别是在尾巴上，翎的末端往往露出白来，像一块癣似的，把个尾巴就毁了。

紫以下便是黑，其次为灰。可是灰色如只是一点，如灰头、灰环，便又可贵了。

这些鸽中，以点子和乌为“古典的”。它们的价值似乎永远不变，虽然普通，可是老是鸽群之主。这么说吧，飞起四十只鸽，其中有过半的点子和乌，而杂以别种，便好看。反之，则不好看。要是这四十只都是点子，或都是乌，或点子与乌，便能有顶好的阵容。你几乎不能飞四十只环或玉翅。想想看吧：点子是全身雪白，而有个黑或紫的尾，飞起来像一群玲珑的白鸥；及至一翻身呢，那里或紫的尾给这轻洁的白衣一个色彩深厚的裙儿，既轻妙而又厚重。假若是太阳在西边，而东方有些黑云，那就太美了：白翅在黑云下自然分外的白了；一斜身儿呢，黑尾或紫尾——最好是紫尾——迎着阳光闪起一些金光来！点子如是，乌也如是。白尾巴的，无论长得多么体面，飞起来没这种美妙，要不怎么不大值钱呢。铁翅乌或铜翅乌飞起来特别的好看，像一朵花，当中一块白，前后左右都镶着黑或紫，他使人觉得安闲舒适。可是铜翅乌几乎永远不飞，飞不起，贱的也得几十块钱一对儿吧。玩鸽子是满天飞洋钱的事儿，洋钱飞起却是不如在手里牢靠的。

可是，鸽子的讲究儿不专在飞，正如女子出头露脸不专仗着能跑五十米。它得长得俊。先说头吧，平头或峰头（峰读如凤；也许就是凤，而不是峰）便决定了身价的高低。所谓峰头或凤头的，是在头上有一撮立着的毛；平头是光葫芦。自然凤头的是更美，也更贵。峰——或凤——不许有杂毛，黑便全黑，紫便全紫，掺着白的便不够派儿。它得大，而且要像个荷包似的向里包包着。鸽贩常把峰的杂毛剔去，而且把不像荷包的收拾得像荷包。这样收拾好的峰，就怕鸽子洗澡，因为那好看的头饰是用胶粘的。

头最怕鸡头，没有脑杓儿，楞头磕脑的不好看。头须像算盘子儿，圆忽忽的，丰满。这样的头，再加上个好峰，便是标准美了。

眼，得先说眼皮。红眼皮的如害着眼病，当然不美。所以要强的鸽子得长白眼皮。宽宽的白眼皮，使眼睛显着大而有神。眼珠也有讲究，豆眼、隔棱眼，都是要不得

的。可惜我离开鸽子们已念多年，形容不上来豆眼等是什么样子了；有机会到北平去住几天，我还能把它们想起来，到鸽市去两趟就行了。

嘴也很要紧。无论长得多么体面的鸽，来个长嘴，就算完了事。要不怎么，有的鸽虽然很缺少，而总不能名贵呢；因为这种根本没有短嘴的。鸽得有短嘴！厚厚实实的，小墩子嘴，才好看。

头部以外，就得论羽毛如何了。羽毛的深浅，色的支配，都有一定的。老虎帽的帽长到何处，虎头的黑或紫毛应到胸部的何处，都不能随便。出一个好鸽与出一个美人都是历史的光荣。

身的大小，随鸽而异。羽色单调一些的，像紫箭等，自然是越大越蠢，所以以短小玲珑为贵。像点子与乌什么的，个子大一点也不碍事。不过，嘴儿短，长得娇秀，自然不会发展得很粗大了，所以美丽的鸽往往是小个儿。

大个子的，长嘴儿的，可也有用处。大个子的身强力壮翅子硬，能飞，能尾上戴鸽铃，所以它们是空中的主力军。别的鸽子好看，可供地上玩赏；这些老粗儿们是飞起来才见本事，故而也还被人爱。长翅儿也有用，孵小鸽子是它们的事：它们的嘴长，“喷”得好——小鸽不会自己吃东西，得由老鸽嘴对嘴的“喷”。再说呢，喷的时候，老的胸部羽毛便糙了；谁也不肯这么牺牲好鸽。好鸽下的蛋，总被人拿来交与丑鸽去孵，丑鸽本来不值钱，身上糙旧一点也没关系。要做鸽就得美呀，不然便很苦了。

有的丑鸽，仿佛知道自己的相貌不扬，便长点特别的本事以与美鸽竞争。有力气戴大鸽铃便是一例。可是有力气还不怎样新奇，所以有的能在空中翻跟头。会翻跟头的鸽在与朋友们一块飞起的时候，能飞着飞着便离群而翻几个跟头，然后再飞上去加入鸽群，然后又独自翻下来。这很好看，假若他是白色的，就好像由蓝空中落下一团雪来似的。这种鸽的身体很小，面貌可不见得美。他有个标帜，即在项上有一小撮毛儿，倒长着。这一撮倒毛儿好像老在那儿说："你瞧，我会翻跟头！"这种鸽还有个特点，脚上有毛儿，像诸葛亮的羽扇似的。一走，便扑喳扑喳的，很有神气。不会翻跟头的可也有时候长着毛脚。这类鸽多半是全灰全白或全黑的。羽毛不佳，可是有本事呢。

为养毛脚鸽，须盖灰顶的房，不要瓦。因为瓦的棱儿往往伤了毛脚而流出血来。

哎呀！我说"先说鸽子"，已经三千多字了，还没说完！好吧，下回接着说鸽子吧，假若有人爱听。我的题目《小动物们》，似乎也有加上个"鸽"的必要了。

小动物们（鸽）续

养鸽正如养鱼养鸟，要受许多的辛苦。“不苦不乐”，算是说对了。不过，养鱼养鸟较比养鸽还和平一些；养鸽是斗气的事儿。是，养鸟也有时候怄气，可鸟儿究竟是在笼子里，跟别的鸟没有直接的接触。鸽子是满天飞的。张家的也飞，李家的也飞，飞到一处而裹乱了是必不可免的。这就得打架。因此，玩别的小玩艺儿用不着法律，养鸽便得有。这些法律虽不是国家颁布的，可是在玩鸽的人们中间得遵守着。比如说吧，我开始养鸽子，我就得和四邻的“鸽家”们开谈判。交情好的呢，可以规定：彼此谁也不要谁的鸽；假若我的鸽被友家裹了去，他还给我送回来；我对他也这样。这就免去许多战争。假若两家说不来呢，那就对不起了，谁得着是谁的，战争可就无可避免了。有这样的敌人，养鸽等于斗气。你不飞，我也不飞；你的飞起来，我的也马上飞起去，跟你“撞”！“撞”很过瘾，两个鸽阵混成一团，合而复分，分而复合；一会儿我“拉过”你的来，一会儿你又“拉过”我的去，如看拔河一样起劲。谁要是能“得过”一只来，落在自己的房上，便设法用粮食引诱下来，算作自己的战胜品。可是，俘虏是在房上，时时可以飞去；我可就下了毒手，用弩打下来，假若俘虏不受引诱而要逃走。打可得有个分寸，手法要好，讲究恰好打在——用泥弹——鸽的肩头上。肩头受伤，没有性命的危险，可是失了飞翔的能力。于是滚下房来，我用网接住；将养几天，便能好过来。手法笨的，弹中胸部，便一命呜呼；或是弹子虚发，把鸽惊走，是谓泄气。

“撞”实过瘾，可也别扭，我没法训练新鸽与小鸽了。新鸽与小鸽必须有相当的训练才认识自己的家，遇见阵不迷头。那么，我每放起鸽去，敌人也必调动人马，那我简直没有训练新军的机会；大胆放出生手，准保叫人家给拉了去。于是，我得早早地起，敛旗息鼓的，一声不出的，去操练新军。敌人也会早起呀，这才真叫怄气！得设法说和了，要不然简直得出人命了。

哼，说和却不容易。比如我只有三十只能征惯战的鸽，而敌人有八十只，他才不和我开和平会议呢。没办法，干脆搬家吧。对这样的敌人，万幸我得过他一只来，我必定拿到鸽市去卖；不为钱，为是羞辱他。他也准知道我必到鸽市去，而托鸽贩或旁人把那只买回去，他自己没脸来和我过话。

即使没这种战争，养鸽也非养气之道；鸽时时使你心跳。这么说吧，我有点事要出门，刚走到巷口，见天上有只鸽，飞得两翅已疲，或是惊惶不定，显系飞迷了头；我不能漏这个空，马上飞跑回家，放起我的鸽来裹住这只宝贝。有天大的事也得放下。其实得到手中，也许是只最老丑的糟货，可是多少是个幸头，不能轻易放过。养鸽的人是“满天飞洋钱，两脚踩狗屎”，因为老仰首走路也。

训练幼鸽也是很难放心的事，特别是经自己的手孵出来的。头几次飞，简直没把握，有时候眼看着你自己家中孵出的幼鸽，飞到别家去，其伤心不亚于丢失了儿女。

最难堪的是闹“鸦虎子”。“鸦虎子”是一种小鹰，秋冬之际来驻北平，专欺侮鸽子。在这个时节，养鸽的把鸽铃都撤下来，以免鸦虎闻声而来，在放鸽以前，要登高一望，看空中有无此物。及至鸽已飞起，而神气不对，忽高忽低，不正经着飞，便应马上“垫”起一只，使大家落下，以免危险；大概远处有了那个东西。不幸而鸦虎已到，那只有跺脚，而无办法。鸦虎子捉鸽的方法是把鸽群“托”到顶高，高得几乎像燕子那么小了，它才绕上去，单捉一只。它不忙，在鸽群下打旋，鸽们只好往高处飞了。越飞越高，越飞越乏；然后鸦虎猛地往高处一钻，鸽已失魂，紧跟着它往下一“砸”，群鸽屁滚尿流，一直的往下掉。可是鸦虎比它们快。于是空中落下一些羽毛，它捉住一只，找清静地方去享受。其余的幸得逃命，不择地而落，不定都落到哪里去呢！幸而有几只碰运气落在家中的房上，亦只顾喘息，如呆如痴，非常的可怜。这个，从始至终，养鸽的是目不敢瞬地看着；只是看着，一点办法没有！鸦虎已走，养鸽的还得等着，等着失落的鸽们回来。一会儿飞回来一只，又待一会儿又回来一只。可是等来等去，未必都能回来，因惊破了胆的鸽是很容易被别家得去的。检点残军，自叹晦气，堂堂七尺之躯会干不过个小小的鸦虎子！

普通的飞法是每天飞三次，每飞一次叫作“一翅儿”。三次的支配大概是每日的早晚中三时，这随天气的冷暖而变动。夏日太热，早晚为宜，午间即不放鸽；冬日自然以午间为宜，因为暖和些。夏天的鸽阵最好看，高处较凉一些，鸽喜高飞；而且没有鸦虎什么的，鸽飞得也稳；鸦虎是到别处去避暑了。每要飞一翅儿，是以长竿——竿头拴些碎布或鸡毛——一挥，鸽即飞起。飞起的都是熟鸽，不怕与别家的“撞”。其中最强者，尾系鸽铃，为全军奏乐。飞起来，先擦着房，而后渐次高升，以家为中心来回旋转。鸽不在多少，飞起来讲究尾彩配合的好，“盘儿”——即鸽阵——要密，彼此的距离短而旋转得一致。这样有盘儿有精神，悦目。盘儿大而松懈，东一个西一个的乱飞，则招人讥诮。当盘儿飞到相当的时间，则当把生鸽或幼鸽掷于房上，盘儿见此，则往下飞。如欲训练生鸽或幼鸽，即当盘儿下落之际续入，随盘儿飞转几圈，就一齐落于房上，以免丢失。以一鸽或二鸽掷于房上，招盘儿下来，叫作“垫”。

老鸽不限于随盘儿飞，有时被主人携到十数里之外去放，仍能飞回来。有时候卖出去，过一两月还能找到了老家。

养鸽的人家，房脊上摆琉璃瓦两三块，一黄二绿，或二绿一黄，以作标帜。鸽们记得这个颜色与摆法，即不往生地方落。

新鸽买来，用线拢住翅儿，以防飞走。过几天，把翅儿松开些，使能打扑噜而不能高飞，掷之房上，使它认识环境。再过几天，看鸽性是强烈还是温柔而决定松绑的早晚。老鸽绑的日久，幼鸽绑的期短。松绑以后，就可以试着训练了。

鸽食很简单，通常都用高粱。到换毛的时候或极冷的时候才加些料豆儿。每天喂鸽最好有一定的次数。

住处也不须怎么讲究，普通的是用苇扎成个栅子，栅里再砌起窝来，每一窝放一草筐，够一对鸽住的。最要紧的是要干燥和安全。窝门不结实，或砌得不好，黄鼠狼就会半夜来偷鸽吃。窝干燥清洁，鸽不易得病；如得起病来，传染得很快，那可了不得。

该说鸽市。

对于鸽的食水，我没详说，因为在重要的点上大家虽差不多，可是每人都有自己的手法，不能完全相同；既是玩吗，个人总设法证明自己的方法最好。谈到鸽市，规矩可就是普通的了，示奇立异是行不通的。

在我幼时，天天有鸽市。我记得好像是这样：逢一五是在护国寺的后身，二六是在北新桥，三是土地庙，四是花市，七八是西城车儿胡同，九十是隆福寺外。每逢一五，是否在护国寺后身，我不敢说准了；想了半天，也想不起来。

鸽贩是每天必上市的。他们大约可分三种：第一种是阔手，只简单地拿着一个鸽笼，专买卖中上等的鸽子。第二种，挑着好几个笼，好歹不论，有利就买就卖。第三种是专买破鸽雏鸽与鸽蛋——送到饭庄当菜用，我最不喜欢这第三种，鸽子一到他们手里就算无望了。顶可怜是雏鸽，羽毛还没长全，可是已能叫人看出是不成材料的货，便入了死笼。雏鸽哆嗦着，被别的鸽压在笼底上，极细弱地叫着！再过几点钟便成了盘中的菜了。

此外，还有一种暗中做买卖而不叫别人知道的，这好像是票友使黑杵，虽已拿钱而不明言。这种人可不甚多。

养鸽的人到市上去，若是卖鸽，便也是提笼。若是去买鸽，既不知准能买到与否，自然不必拿着笼去。只去卖一二只鸽，或是买到一二只，既未提笼，就用手绢捆着鸽。

买鸽的时候，不见得准买一对。家中有只雄的，没有伴儿，便去买只雌的；或者相反。因此，卖鸽的总说“公儿欢，母儿消”。所谓“欢”者，就是公鸽正想择配，见着雌的便咕咕地叫着追求。所谓“消”者，是雌鸽正想出嫁，有公鸽向她求爱，她就点头接受。买到欢公或消母，拿到家中即能马上结婚，不必费事。欢与消可以——若是有笼——当面试验。可是市上的鸽未必雄的都欢，雌的都消。况且有时两雄或两雌放在一处而充作一对儿卖。这可就得看买主的眼睛了。你本想去买一只欢公，而市上没有；可是有一只，虽不欢，但是合你的意。那么，也就得买这一只；现在不欢，过几天也许就欢起来。你怎么知道那是个公的呢？为买公鸽而去，却买了只母的回来，岂不窝囊得慌！市上是不甚讲道德的，没眼睛的就要受骗。

看鸽是这样的：把鸽拿在左手中，拢着鸽的翅与腿，用右手去托一托鸽的胸。鸽在此时，如瞪眼，即是公；眨眼的，即是母。头大的是公，头小的是母。除辨别公母，鸽在手中也能觉出挺拔与否。真正的行家，拿起鸽来，还能看出鸽的血统正不正来，有的鸽，外表很好，而来路不正，将来下蛋孵窝，未必还能出好鸽。这个，我可不大深知；我没有多少经验。

看完了头部，要用手捋一捋鸽翅，看翅活动与否，有力没有，与是否有伤——有的鸽是被弩弹打过而翅子僵硬不灵的。对于峰、尾，都要吹一吹，细看看；恐怕是假作的。都看好了，才讲价钱。半日之中，鸽受罪不少。所以真正好鸽，如鸽市上去卖，便放在笼内，只准看，不准动手。这显着硬气，可是鸽子的身分得真高；假如弄只破鸽而这么办，必会被人当笑话说。还有呢，好鸽保养得好，身上有一层白霜，像葡萄霜儿那样好看，经手一摸，便把霜儿蹭了去；所以不许动手。可是好鸽上市，即使不许人动，在笼中究竟要受损失，尾巴是最易磨坏的。所以要出手好鸽往往把买主请到家中来看，根本不到市上去。因此，市上实在见不着什么值钱的鸽子。

关于鸽，我想起这么些儿来，离详尽还远得很呢。就是这一点，恐怕还有说错了的地方；二十多年前的事是不易老记得很清楚的。

现在，粮食贵，有闲的人也少了，恐怕就还有养鸽的也不似先前那样讲究了。可是这也没什么可惜。我只是为述说而述说，倒不提倡什么国鸟国鸽的。

想北平

设若让我写一本小说，以北平作背景，我不至于害怕，因为我可以捡着我知道的写，而躲开我所不知道的。让我单摆浮搁地讲一套北平，我没办法。北平的地方那么大，事情那么多，我知道的真觉太少了，虽然我生在那里，一直到廿七岁才离开。以名胜说，我没到过陶然亭，这多可笑！以此类推，我所知道的那点只是“我的北平”，而我的北平大概等于牛的一毛。

可是，我真爱北平。这个爱几乎是要说而说不出的。我爱我的母亲。怎样爱？我说不出。在我想做一件讨她老人家喜欢的事情的时候，我独自微微地笑着；在我想到她的健康而不放心的时候，我欲落泪。言语是不够表现我的心情的，只有独自微笑或落泪才足以把内心揭露在外面一些来。我之爱北平也近乎这个。夸奖这个古城的某一点是容易的，可是那就把北平看得太小了。我所爱的北平不是枝枝节节的一些什么，而是整个儿与我的心灵相黏合的一段历史，一大块地方，多少风景名胜，从雨后什刹海的蜻蜓一直到我梦里的玉泉山的塔影，都积凑到一块，每一小的事件中有个我，我的每一思念中有个北平，这只有说不出而已。

真愿成为诗人，把一切好听好看的字都浸在自己的心血里，像杜鹃似的啼出北平的俊伟。啊！我不是诗人！我将永远道不出我的爱，一种像由音乐与图画所引起的爱。这不但是辜负了北平，也对不住我自己，因为我的最初的知识与印象都得自北平，它是在我的血里，我的性格与脾气里有许多地方是这古城所赐给的。我不能爱上海与天津，因为我心中有个北平。可是我说不出来！

伦敦、巴黎、罗马与堪司坦丁堡，曾被称为欧洲的四大“历史的都城”。我知道一些伦敦的情形；巴黎与罗马只是到过而已；堪司坦丁堡根本没有去过。就伦敦、巴黎、罗马来说，巴黎更近似北平——虽然“近似”两字要拉扯得很远——不过，假使让我“家住巴黎”，我一定会和没有家一样地感到寂苦。巴黎，据我看，还太热闹。自然，那里也有空旷静寂的地方，可是又未免太旷；不像北平那样既复杂而又有个边际，使我能摸着——那长着红酸枣的老城墙！

面向着积水潭，背后是城墙，坐在石上看水中的小蝌蚪或苇叶上的嫩蜻蜓，我可以快乐地坐一天，心中完全安适，无所求也无可怕，像小儿安睡在摇篮里。是的，北平也有热闹的地方，但是它和太极拳相似，动中有静。巴黎有许多地方使人疲乏，所以咖啡与酒是必要的，以便刺激；在北平，有温和的香片茶就够了。

论说巴黎的布置已比伦敦、罗马匀调的多了，可是比上北平还差点事儿。北平在人为之中显出自然，几乎是什么地方既不挤得慌，又不太僻静：最小的胡同里的房子也有院子与树；最空旷的地方也离买卖街与住宅区不远。这种分配法可以算——在我的经验中——天下第一了。北平的好处不在处处设备得完全，而在它处处有空儿，可以使人自由地喘气；不在有好些美丽的建筑，而在建筑的四围都有空闲的地方，使它们成为美景。每一个城楼，每一个牌楼，都可以从老远就看见。况且在街上还可以看见北山与西山呢！

好学的，爱古物的，人们自然喜欢北平，因为这里书多古物多。我不好学，也没钱买古物。对于物质上，我却喜爱北平的花多菜多果子多。花草是种费钱的玩艺，可是此地的“草花儿”很便宜，而且家家有院子，可以花不多的钱而种一院子花，即使算不了什么，可是到底可爱呀。墙上的牵牛，墙根的靠山竹与草茉莉，是多么省钱省事而也足以招来蝴蝶呀！

至于青菜、白菜、扁豆、毛豆角、黄瓜、菠菜等等，大多数是直接由城外担来而送到家门口的。雨后，韭菜叶上还往往带着雨时溅起的泥点。青菜摊子上的红红绿绿几乎有诗似的美丽。果子有不少是由西山与北山来的，西山的沙果、海棠、北山的黑枣、柿子，进了城还带着一层白霜儿呀！哼，美国的橘子包着纸；遇到北平的带霜儿的玉李，还不愧杀！

是的，北平是个都城，而能有好多自己产生的花、菜、水果，这就使人更接近了自然。从它里面说，它没有像伦敦的那些成天冒烟的工厂；从外面说，它紧连着园林、菜圃与农村。采菊东篱下，在这里，确是可以悠然见南山的；大概把“南”字变个“西”或“北”，也没有多少了不得的吧。像我这样的一个贫寒的人，或者只有在北平能享受一点清福了。

好，不再说了吧；要落泪了，真想念北平呀！

大明湖之春

北方的春本来就不长，还往往被风七手八脚地刮了走。济南的桃南丁香与海棠什么的，差不多年年被黄风吹得一干二净，地暗天昏，落花与黄沙卷在一处，再睁眼时，春已过去了！记得有一回，正是丁香乍开的时候，也就是下午两三点钟吧，屋中就非点灯不可了，风是一阵比一阵大，天色由灰而黄，而深黄，而黑黄，而漆黑，黑得可怕。第二天增看院中的两株紫丁香，花已像煮过一回，嫩叶几乎全破了！济南的秋冬，风倒很少，大概都留在春天刮呢。

有这样的风在这儿等着，济南简直可以说没有春天；那么，大明湖之春更无从说起。

济南的三大名胜，名字都起得好：千佛山、趵突泉、大明湖，都多么响亮好听！一听到“大明湖”这三个字，便联想到春光明媚和湖光山色等等，而心中浮现出一幅美景来，事实上，可是，它既不大，又不明，也不湖。

湖中现在已不是一片清水，而是用坝划开的多少块“地”。“地”外留着几条沟，游艇沿沟而行，即是逛湖。水因不需要多么深的水，所以水黑而不清；也不要急流，所以水定而无波。东一块莲，西一块蒲，土坝挡住了水，蒲苇又遮住了莲，一望无景，只见高高低低的“庄稼”。艇行沟内，如穿高粱地然，热气腾腾，碰巧了还臭气烘烘。夏天总算还好。假若水不太臭，多少总能闻到一些荷香，而且必能看到些绿叶儿。春天，则下有黑汤，旁有破烂的土坝；风又那么野，绿柳新蒲东倒西歪，恰似挣命。所以，它既不大，又不明，也不湖。

话虽如此，这个湖到底得算个名胜。湖之不大与不明，都因为湖已不湖。假若能把“地”都收回，拆开土坝，挖深了湖身，它当然可以马上既大且明起来：湖面原本不小，而济南又有的是清凉的泉水呀。这个，也许一时做不到。不过，即使做不到这一步，就现状而言，它还应当算作名胜。北方的城市，要找有这么一片水的，真是好不容易了。千佛山满可以不算数儿，配作个名胜与否简直没多大关系，因为山在北方不是什么难找的东西呀。水，太难找了。济南城内据说有七十二泉，城外有河，可是还非有个湖不可。泉、池、河、湖，四者俱备，这才显出济南的特色与可贵。它是北方唯一的“水城”，这个湖是少不得的。设若我们游湖时，只见沟而不见湖，请到高处去看看吧，比如在千佛山上往北眺望，则见城北灰绿绿的一片——大明湖；城外，华鹊二山夹着弯弯的一道亮光儿——黄河。这才明白了济南的不凡，不但有水，而且是这样多呀。

况且，湖景若无可观，湖山的出产可是很名贵呀。懂得什么叫作美的人或者不如懂得什么好吃的人多吧，游过苏州的往往只记得此地的点心，逛过西湖的提起来便念叨那里龙井茶、藕粉与莼菜什么的。吃到肚子里的也许比一过眼的美景更容易记住，那么大明湖的蒲菜、茭白、白花藕，还真许是它驰名天下的重要原因呢。不论怎么说吧，这些东西既都是水产，多少总带着些南国风味；在夏天，青菜挑子上带着一束束的大白莲花骨朵出卖，在北方大概只有济南能这么“阔气”。

我写过一本小说——《大明湖》——在一二八与商务印书馆一同被火烧掉了。记得我描写过一段大明湖的秋景，词句全想不起来了，只记得是什么什么秋。桑子中先生给我画过一张油画，也画的是大明湖之秋，这里大概有点意思对了，只是在秋天，大明湖才有些美呀，济南的四季，唯有秋天最好，晴暖无风，处处明朗。这时候，请到城墙上走走，俯视秋湖，败柳残荷，水平如镜；唯其是秋色，所以连那些残破的土坝也似乎正与一切景物配合：土坝上偶有一两截断藕，或一些黄叶的野蔓，配着三五枝芦花，确是有些画意。“庄稼”已都收了，湖显着大了许多，大了当然也就显着明。不仅是湖宽水净，显着明美，抬头向南看，半黄的千佛山就在前面，开元寺那边的“橛子”——大概是个塔吧——静静地立在山头上。往北看，城外的河水很清，菜畦中还生着短短的绿叶。往南往北，往东往西，看吧，处处空阔明朗，有山有湖，有城有河，到这时候，我们真得到个“明”字了，桑先生那张画便是在北城墙上画的，湖边只有几株秋柳，湖中只有一只游艇，水作灰蓝色，柳叶半黄。湖外，他画上了千佛山；湖光山色，连成一幅秋图，明朗，素净，柳梢上似乎吹着点不大能觉出来的微风。

对不起，题目是大明湖之春，我却说了大明湖之秋，可谁叫亢德先生出错了题呢！

五月的青岛

因为青岛的节气晚，所以樱花照例是在四月下旬才能盛开。樱花一开，青岛的风雾也挡不住草木的生长了。海棠，丁香，桃，梨，苹果，藤萝，杜鹃，都争着开放，墙脚路旁也都有了嫩绿的叶儿。五月的岛上，到处花香，一清早便听见卖花声。公园里自然无须说了，小蝴蝶花与桂竹香们都在绿草地上用它们的娇艳的颜色结成十字，或绣成几团；那短短的绿树篱上也开着一层白花，似绿枝上挂了一层春雪。就是路上两旁的人家也少不得有些花草；围墙既短，藤萝往往顺着墙把花穗儿悬在院外散出一街的香气：那双樱，丁香，都能在墙外看到，双樱的明艳和丁香的素丽，真是足以使人眼明神爽。

山上有了绿色，嫩绿，所以把松柏比得发黑一些。谷中不但填满了绿色，而且颇有些野花，有一种似紫荆而色儿略略发蓝的，折来很好插瓶。

青岛的人怎么能忘记下海呢。不过，说也奇怪，五月的海仿佛特别的绿，特别的可爱；也许是因为人们心里痛快吧？看一眼路旁的绿叶，再看一眼海，真的，这才明白了什么叫作“春深似海”。绿，鲜绿，浅绿，深绿，黄绿，灰绿，各种的绿色，连接着，交错着，变化着，波动着，一直绿到天边，绿到山脚，绿到渔帆的外边去。风不凉，浪不高，船缓缓地走，燕低低地飞，街上的花香和海上的咸混到一处，浪漾在空，水在面前，而绿意无限，可不是，春深似海！欢喜，要狂歌，要跳入水中去，可是只能默默无言，心好像飞到天边那将将能看到的小岛上去，一闭眼仿佛还看见一些桃花。人面桃花相映红，必定是在那小岛上。

这时候，遇上风与雾便还须穿上棉衣，可是有一天忽然响晴，夹衣正合适。但无论怎样说吧，人们反正都放了心——不会大冷了，不会。妇女们最先知道这个，早早地就穿出利落的新装，而且决定不再脱下去。海岸上，微风吹动少女们的发和衣，何必再去到电影院找那有画意的景呢！这里的初春浅夏合响，风里带着春寒，而花草山水又似初夏，意在春而景如夏，姑娘们总先走一步，迎上前去，跟花们竞争一下，女性的伟大几乎不是颓废诗人所能明白的。

人似乎随着花草都复活，学生们特别的忙：换制服，开运动会，到崂山、丹山去旅行，服劳役。本地的学生忙，别处的学生也来参观，几个，几十，几百，打着旗子来了，又排着队走开，男的，女的，先生，学生，都累得满头是汗，而仍不住地向那大海丢眼。学生以外，该数小孩子最快活，笨重的衣服脱去，可以到公园跑跑了；一冬天不见猴子了，现在带着花生去喂猴子，看鹿。拾花瓣，在草地上打滚；妈妈说了，过几天还有大樱桃吃呢！

马车都新油饰过，马虽依然清瘦，而车辆体面了许多，好做一夏天的买卖呀。新油过的马车穿过街心，那专做夏天生意的咖啡馆，酒馆，旅社，冰饮室，也找来油漆匠，扫去灰尘，油饰一新。油漆匠在脚手架上忙，路旁也增多了由各处来的舞女。预备呀，忙碌呀，都红着眼等着那避暑的外国战舰与各处的阔人。多处浴场上有了人影与小艇，生意便比花草还茂盛呀。到那时候，青岛几乎不属于青岛的人了，谁的钱更多谁更威风，汽车的眼是不会看山水的。

那么，且让我们自己尽量地欣赏五月的青岛吧！

宗月大师

在我小的时候，我因家贫而身体很弱。我九岁才入学。因家贫体弱，母亲有时候想教我去上学，又怕我受人家的欺侮，更因交不上学费，所以一直到九岁我还不识一个字。说不定，我会一辈子也得不到读书的机会。因为母亲虽然知道读书的重要，可是每月间三四吊钱的学费，实在让她为难。母亲是最喜脸面的人。她迟疑不决，光阴又不等待着任何人，荒来荒去，我也许就长到十多岁了。一个十多岁的贫而不识字的孩子，很自然地去做个小买卖——弄个小筐，卖些花生、煮豌豆或樱桃什么的。要不然就是去学徒。母亲很爱我，但是假若我能去做学徒，或提篮沿街卖樱桃而每天赚几百钱，她或者就不会坚决地反对。穷困比爱心更有力量。

有一天刘大叔偶然的来了。我说“偶然的”，因为他不常来看我们。他是个极富的人，尽管他心中并无贫富之别，可是他的财富使他终日不得闲，几乎没有工夫来看穷朋友。一进门，他看见了我。“孩子几岁了？上学没有？”他问我的母亲。他的声音是那么洪亮，（在酒后，他常以学喊俞振庭的《金钱豹》自傲）他的衣服是那么华丽，他的眼是那么亮，他的脸和手是那么白嫩肥胖，使我感到我大概是犯了什么罪。我们的小屋，破桌凳，土炕，几乎禁不住他的声音的震动。等我母亲回答完，刘大叔马上决定：“明天早上我来，带他上学，学钱、书籍，大姐你都不必管！”我的心跳起多高，谁知道上学是怎么一回事呢！

第二天，我像一条不体面的小狗似的，随着这位阔人去入学。学校是一家改良私塾，在离我的家有半里多地的一座道士庙里。庙不甚大，而充满了各种气味：一进山门先有一股大烟味，紧跟着便是糖精味（有一家熬制糖球糖块的作坊），再往里，是厕所味，与别的臭味。学校是在大殿里，大殿两旁的小屋住着道士，和道士的家眷。大殿里很黑、很冷。神像都用黄布挡着，供桌上摆着孔圣人的牌位。学生都面朝西坐着，一共有三十来人。西墙上有一块黑板——这是“改良”私塾。老师姓李，一位极死板而极有爱心的中年人。刘大叔和李老师“嚷”了一顿，而后教我拜圣人及老师。老师给了我一本《地球韵言》和一本《三字经》。我于是，就变成了学生。

自从做了学生以后，我时常到刘大叔的家中去。他的宅子有两个大院子，院中几十间房屋都是出廊的。院后，还有一座相当大的花园。宅子的左右前后全是他的房屋，若是把那些房子齐齐地排起来，可以占半条大街。此外，他还有几处店铺。每逢我去，他必招呼我吃饭，或给我一些我没有看见过的点心。他绝不以我为一个苦孩子而冷淡我，他是阔大爷，但是他不以富傲人。

在我由私塾转入公立学校去的时候，刘大叔又来帮忙。这时候，他的财产已大半出了手。他是阔大爷，他只懂得花钱，而不知道计算。人们吃他，他甘心教他们吃；人们骗他，他付之一笑。他的财产有一部分是卖掉的，也有一部分人骗了去的，他不管；他的笑声照旧是洪亮的。

到我在中学毕业的时候，他已一贫如洗，什么财产也没有了，只剩了那个后花园。不过，在这个时候，假若他肯用用心思，去调整他的产业，他还能有办法教自己丰衣足食，因为他的好多财产是被人家骗了去的。可是，他不肯去请律师，贫与富在他心中是完全一样的，假若在这时候，他要是不再随便花钱，他至少可以保住那座花园，和城外的地产。可是，他好善。尽管他自己的儿女受着饥寒，尽管他自己受尽折磨，他还是去办贫儿学校，粥厂等等慈善事业。他忘了自己。就是在这个时候，我和他过往得最密。他办贫儿学校我去做义务教师。他施舍粮米，我去帮忙调查及散放。在我的心里，我很明白：放粮放钱不过只是延长贫民的受苦难的日期，而不足以阻拦住死亡。但是，看刘大叔那么热心，那么真诚，我就顾不得和他辩论，而只好也出点力了，即使我和他辩论，我也不会得胜，人情是往往能战败理智的。

在我出国以前，刘大叔的儿子死了。而后，他的花园也出了手。他入庙为僧，夫人与小姐入庵为尼，由他的性格来说，他似乎势必走入避世学禅的一途。但是由他的生活习惯上来说，大家总以为他不过能念念经，布施布施僧道而已，而绝对不会受戒出家。他居然出了家，在以前，他吃的是山珍海味，穿的是绫罗绸缎，他也嫖也赌。

至今，他每日一餐，入秋还穿着件夏布道袍。这样苦修，他的脸上还是红红的，笑声还是洪亮的。对佛学，他有多么深的认识，我不敢说。我却真知道他是个好和尚，他知道一点便去做一点，能做一点便做一点。他的学问也许不高，但是他所知道的都能见诸实行。

出家以后，他不久就做了一座大寺的方丈。可是没有好久就被驱除出来。他是要做真和尚，所以他不惜变卖庙产去救济苦人。庙里不要这种方丈。一般地说，方丈的责任是要扩充庙产，而不是救苦救难的。离开大寺，他到一座没有任何产业的庙里做方丈。他自己既没有钱，他还须天天为僧众们找到斋吃，同时，他还举办粥厂等等慈善事业。他穷，他忙，他每日只进一顿简单的素餐，可是他的笑声还是那么洪亮。他的庙里不应佛事，赶到有人来请，他便领着僧众给人家去唪真经，不要报酬。他整天不在庙里，但是他并没忘了修持；他持戒越来越严，对经义也深有所获。他白天在各处筹钱办事，晚间在小室里作工夫。谁见到这位破和尚也不曾想到他曾是个在金子里长起来的阔大爷。

去年，有一天他正给一位圆寂了的和尚念经，他忽然闭上了眼，就坐化了。火葬后，人们在他的身上发现许多舍利。

没有他，我也许一辈子也不会入学读书。没有他，我也许永远想不起帮助别人有什么乐趣与意义。他是不是真的成了佛？我不知道，但是，我的确相信他的居心与言行是与佛相近似的。我在精神上物质上都受过他的好处，现今我的确愿意他真的成了佛，并且盼望他以佛心引领我向善，正像在三十五年前，他拉着我去入私塾那样！

他是宗月大师。

母鸡

我一向讨厌母鸡，不知怎样受了一点惊恐，听吧，它由前院咕咕到后院，由后院咕咕到前院，没完没了，并且没有什么理由，讨厌！有的时候，它不这样乱叫，可是细声细气的，有什么心事似的，颤颤巍巍的，顺着墙根，或沿着田坝，那么扯长了声如泣如诉，使人心中立刻结起了个小疙瘩来。

它永远不反抗公鸡。可是，有时候却欺侮那最忠厚的鸭子。更可恶的是它遇到另一只母鸡的时候，它会下毒手，乘其不备，狠狠地咬一口，咬下一撮儿毛来。

到下蛋的时候，它差不多是发了狂，恨不得让全世界都知道它这点成绩，就是聋子也会被吵得受不了。

可是，现在我改变了想法，因为我认识了一只孵出一群小雏鸡的母鸡。

不论是在院里，还是在院外，它总是挺着脖儿，表示出世界上并没有可怕的东西。一个鸟儿飞过，或是什么东西响了一声，它立刻警戒起来，歪着头听，挺着身预备作战，看看前，看看后，咕咕地警告鸡雏要马上集合到它身边来。

当它发现了一点可吃的东西，它就咕咕地紧叫，啄一啄那个东西，马上便放下，教它的儿女吃。结果，每一只鸡雏的肚子都圆圆地下垂，像刚装了一两个汤圆儿似的，它自己却消瘦了许多。假如有别的大鸡来抢食，它一定出击，把它们赶出老远，就连大公鸡也怕它三分。

它教给鸡雏们啄食，掘地，用土洗澡，一天教多少次。它还半蹲着——我想这是相当劳累的——教它们挤在它的翅下、胸下，得一点儿温暖。它若伏在地上，鸡雏们有的便爬到它的背上，啄它的头或别的地方，它一声也不哼。

在夜间若有什么动静，它便放声啼叫，顶尖锐，顶凄惨，使任何贪睡的人也得起来看看，是不是有了黄鼠狼！

它负责、慈爱、勇敢、辛苦，因为它有了一群鸡雏。它伟大，因为它是鸡母亲。一个母亲就必定是一位英雄。

我不敢再讨厌母鸡了。

在乡下

虽然刚住了几天，我已经感到乡间的确可喜。在这生活困难的时候，谁也恐怕不能不一开口就谈到钱。在乡间住，第一个好处是可以省下几文。头发长了，需跑出十里八里去理；脚稍微一懒，就许延迟一个星期；头发长了些，可是袋儿里也沉重了些。洗澡，更谈不到。到极热的时候，可以下河；天不够热的时候，皮肤外有一层可以搓卷着玩的泥，也显着暖和而有趣。这就又省了一笔支出。没有卖鲜果、糖食和点心的，这不但可以省了钱，而且自然地矫正了吃零食的坏习惯。衣服须自己洗，皮鞋须自己擦，路须自己走——没有洋车。就是有，也不能在田埂里走。

除了省钱，还另有好多的精神胜利：平剧、川剧全听不到了，但是可以自己唱。在大黄桷树下，随意喊吧，除了多管闲事的狗向你叫几声而外，不会有人来叫“倒好”的。话剧更看不到，可是自己可以写两本呀，有的是工夫！

书是不易得到的，但是偶然找来一本，绝不会像在城里时那样掀一掀就了事。在乡下，心里用不着惦记与朋友们定的约会，眼睛用不着时时地看表，于是，拿到一本书的时节，就可以愿意怎么读便怎么读；愿意把这几行读两遍，便读两遍；三遍就三遍；看哪一行不大顺眼，便可以跟它辩论一番！这样，书仿佛就与人成了可以谈心的朋友，而不是书架上的摆设了。

院中有犬吠声、鸡鸭叫声、孩子哭声，院外有蛙声、鸟声、叱牛声、农人相呼声。但这些声音并不叫你心中慌乱。到了夜间，便什么声音也没有。即使蛙还在唱，可是它们会把你唱入梦境里去。这几天，杜鹃特别的多，直到深夜还不住地啼唤。老想问问它们，三更半夜的唤些什么？这不是厌烦，而是有点相怜之意。

正插秧的时候下了大雨，每个农人都面带喜色。水牛忙极了，却一点不慌，还是那么慢条斯理的，成竹在胸的样子。

晚上，油灯欠亮，蚊虫甚多，所以早早地就躲到帐子里去。早睡，所以就也早起。睡得稳，睡得好，脸上就增加了一点肉——很不放心，说不定还会变成胖子呢！

小病

大病往往离死太近，一想便寒心，总以不患为是。即使承认病死比杀头活埋剥皮等死法光荣些，到底好死不如歹活着。半死不活的味道使盖世的英雄泪下如雨呀。拿死吓唬任何生物是不人道的。大病专会这么吓唬人，理当回避，假若不能扫除净尽。

可是小病便当另作一说了。山上的和尚思凡，比城里的学生要厉害许多。同样，楚霸王不害病则没的可说，一病便了不得。生活是种律动，须有光有影，有左有右，有晴有雨，滋味就含在这变而不猛的曲折里。微微暗些，然后再明起来，则暗得有趣，而明乃更明，且不至明过了度，忽然烧断，如百烛电灯泡然。这个，照直了说，便是小病的作用。常患些小病是必要的。

所谓小病，是在两种小药的能力圈内，阿斯匹林与清瘟解毒丸是也。这两种药所不治的病，顶好快去请大夫，或者立下遗嘱，备下棺材，也无所不可，咱们现在讲的是自己能当大夫的“小”病。这种小病，平均每个半月犯一次就挺合适。一年四季，平均犯八次小病，大概不会再患什么重病了。自然也有爱患完小病再患大病的人，那是个人的自由，不在话下。

咱们说的这类小病很有趣。健康是幸福，生活要趣味。所以应当讲说一番：

小病可以增高个人的身份。不管一家大小是靠你吃饭，还是你白吃他们，日久天长，大家总对你冷淡。假若你是挣钱的，你越尽责，人们越挑眼，好像你是条黄狗，见谁都得连忙摆尾；一尾没摆到，即使不便言明，也暗中唾你几口。不大离的你必得病一回，必得！早晨起来，哎呀，头疼！买清瘟解毒丸去，还有阿斯匹林吗？不在乎要什么，要的是这个声势，狗的地位提高了不知多少。连懂点事的孩子也要闭眼想想了——这棵树可是倒不得呀！你在这时节可以发散发散狗的苦闷了，卫生的要术。你若是个白吃饭的，这个方法也一样灵验。特别是妈妈与老嫂子，一见你真需要阿斯匹林，她们会知道你没得到你所应得的尊敬；必能设法安慰你：去听听戏，或带着孩子们看电影去吧？她们诚意地向你商量，本来你的病是吃小药饼或看电影都可以治好的，可是你的身份高多了呢。在朋友中，社会中，光景也与此略同。

此外，小病两日而能自己治好，是种精神的胜利。人就是别投降给大夫。无论国医西医，一律招惹不得。头疼而去找西医，他因不能断症——你的病本来不算什么——一定嘱告你住院，而后详加检验，发现了你的小脚指头不是好东西，非割去不可。十天之后，头疼确是好了，可是足指剩了九个。国医文明一些，不提小脚指头这一层，而说你气虚，一开便是二十味药，他越摸不清你的脉，越多开药，意在把病吓跑。就是不找大夫。预防大病来临，时时以小病发散之，而小病自己会治，这就等于“吃了萝卜喝热茶，气得大夫满街爬”！

有宜注意者：不当害这种病时，别害。头疼，大则足以失去一个王位，小则能惹出是非。设个小比方：长官约你陪客，你说头疼不去，其结果有不易消化者。怎样利用小病，须在全部生活艺术中搜求出来。看清机会，而后一想象，乃由无病而有病，利莫大焉。

这个，从实际上看，社会上只有一部分人能享受，差不多是一种雅好的奢侈。可是，在一个理想国里，人人应该有这个自由与享受。自然，在理想国内也许有更好的办法。不过，什么办法也不及这个浪漫，这是小的病。

“住”的梦

在北平与青岛住家的时候，我永远没想到过：将来我要住在什么地方去。在乐园里的人或者不会梦想另辟乐园吧。

在抗战中，在重庆与它的郊区住了六年。这六年的酷暑重雾，和房屋的不像房屋，使我会做梦了。我梦想着抗战胜利后我应去住的地方。

不管我的梦想能否成为事实，说出来总是好玩的：

春天，我将要住在杭州。二十年前，我到过杭州，只住了两天。那是旧历的二月初，在西湖上我看见了嫩柳与菜花，碧浪与翠竹。山上的光景如何？没有看到。三四月的莺花山水如何，也无从晓得。但是，由我看到的那点春光，已经可以断定杭州的春天必定会叫人整天生活在诗与图画中的。所以，春天我的家应当是在杭州。

夏天，我想青城山应当算作最理想的地方。在那里，我虽然只住过十天，可是它的幽静已拴住了我的心灵。在我所看见过的山水中，只有这里没有使我失望。它并没有什么奇峰或巨瀑，也没有多少古寺与胜迹，可是，它的那一片绿色已足使我感到这是仙人所应住的地方了。到处都是绿，而且都是像嫩柳那么淡，竹叶那么亮，蕉叶那么润，目之所及，那片淡而光润的绿色都在轻轻地颤动，仿佛要流入空中与心中去似的。这个绿色会像音乐似的，涤清了心中的万虑，山中有水，有茶，还有酒。早晚，即使在暑天，也须穿起毛衣。我想，在这里住一夏天，必能写出一部十万到二十万的小说。

假若青城去不成，求其次者才提到青岛。我在青岛住过三年，很喜爱它。不过，春夏之交，它有雾，虽然不很热，可是相当的湿闷。再说，一到夏天，游人来得很多，失去了海滨上的清静。美而不静便至少失去一半的美。秋天，游人都走开，这地方反倒更可爱些。

不过，秋天一定要住北平。天堂是什么样子，我不晓得，但是从我的生活经验去判断，北平之秋便是天堂。论天气，不冷不热。论吃食，苹果、梨、柿、枣、葡萄，都每样有若干种。至于北平特产的小白梨与大白海棠，恐怕就是乐园中的禁果吧，连亚当与夏娃见了，也必滴下口水来！果子而外，羊肉正肥，高粱红的螃蟹刚好下市，而良乡的栗子也香闻十里。论花草，菊花种类之多，花式之奇，可以甲天下。西山有红叶可见，北海可以划船——虽然荷花已残，荷叶可还有一片清香。衣食住行，在北平的秋天，是没有一项不使人满意的。即使没有余钱买菊吃蟹，一两毛钱还可以爆二两羊肉，弄一小壶佛手露啊！

冬天，我还没有打好主意，香港很暖和，适于我这贫血怕冷的人去住，但是“洋味”太重，我不高兴去。广州，我没有到过，无从判断。成都或者相当的合适，虽然并不怎样和暖，可是为了水仙、素心蜡梅、各色的茶花，与红梅绿梅，仿佛就受一点寒冷，也颇值得去了。昆明的花也多，而且天气比成都好，可是旧书铺与精美而便宜的小吃食远不及成都的那么多，专看花而没有书读似乎也差点事。好吧，就暂时这么规定：冬天不住成都便住昆明吧。

在抗战中，我没能发了国难财。我想，抗战结束以后，我必能阔起来，唯一的原因是我是在这里说梦。既然阔起来，我就能在杭州、青城山、北平、成都，都盖起一所中式的小三合房，自己住三间，其余的留给友人们住。房后都有起码是二亩大的一个花园，种满了花草，住客有随便折花的，便毫不客气地赶出去。青岛与昆明也各建小房一所，作为候补住宅。各处的小宅，不管是什么材料盖成的，一律叫作“不会草堂”——在抗战中，开会开够了，所以永远“不会”。

那时候，飞机一定很方便，我想四季搬家也许不至于受多大苦处的。假若那时候飞机减价，一二百元就能买一架的话，我就自备一架，择黄道吉日慢慢地飞行。

可爱的成都

到成都来，这是第四次。第一次是在四年前，住了五六天，参观全城的大概。第二次是在三年前，我随同西北慰劳团北征，路过此处，故仅留二日。第三次是慰劳归来，在此小住，留四日，见到不少的老朋友。这次——第四次——是受冯焕璋先生之约，去游灌县与青城山，由山上下来，顺便在成都玩几天。

成都是个可爱的地方。对于我，它特别的可爱，因为：

（一）我是北平人，而成都有许多与北平相似之处，稍稍使我减去些乡思。到抗战胜利后，我想，我总会再来一次，多住些时候，写一部以成都为背景的小说。在我的心中，地方好像也都像人似的，有个性格。我不喜上海，因为我抓不住它的性格，说不清它到底是怎么一回事。我不能与我所不明白的人交朋友，也不能描写我所不明白的地方。对成都，真的，我知道的事情太少了；但是，我相信会借它的光儿写出一点东西来。我似乎已看到了它的灵魂，因为它与北平相似。

（二）我有许多老友在成都。有朋友的地方就是好地方。这诚然是个人的偏见，可是恐怕谁也免不了这样去想吧。况且成都的本身已经是可爱的呢。八年前，我曾在齐鲁大学教过书。七七抗战后，我由青岛移回济南，仍住齐大。我由济南流亡出来，我的妻小还留在齐大，住了一年多。齐大在济南的校舍现在已被敌人完全占据，我的朋友们的一切书籍器物已被劫一空，那么，今天又能在成都会见其患难的老友，是何等的快乐呢！衣物，器具，书籍，丢失了有什么关系！我们还有命，还能各守岗位的去忍苦抗敌，这就值得共进一杯酒了！

抗战前，我在山东大学也教过书。这次，在华西坝，无意中也遇到几位山大的老友，“惊喜欲狂”一点也不是过火的形容。一个人的生命，我以为，是一半儿活在朋友中的。假若这句话没有什么错误，我便不能不“因人及地”的喜爱成都了。啊，这里还有几十位文艺界的友人呢！与我的年纪差不多的，如郭子杰，叶圣陶，陈翔鹤，诸先生，握手的时节，不知为何，不由得就彼此先看看头发——都有不少根白的了，比我年纪轻一点的呢，虽然头发不露痕迹，可是也显着削瘦，霜鬓瘦脸本是应该引起悲愁的事，但是，为了抗战而受苦，为了气节而不肯折腰，瘦弱衰老不是很自然的结果吗？这真是悲喜俱来，另有一番滋味了！

（三）我爱成都，因为它有手有口。先说手，我不爱古玩，第一因为不懂，第二因为没有钱。我不爱洋玩艺，第一因为它们洋气十足，第二因为没有美金。虽不爱古玩与洋东西，但是我喜爱现代的手造的相当美好的小东西。

假若我们今天还能制造一些美好的物件，便是表示了我们民族的爱美性与创造力仍然存在，并不逊于古人。中华民族在雕刻，图画，建筑，制铜，造瓷……都有特殊的天才。这种天才在造几张纸，制两块墨砚，打一张桌子，漆一两个小盒上都随时的表现出来。美的心灵使他们的手巧。我们不应随便丢失了这颗心。因此，我爱现代的手造的美好的东西。

北平有许多这样的好东西，如地毯，珐琅，玩具……但是北平还没有成都这样多。成都还存着我们民族的巧手。我绝对不是反对机械，而只是说，我们在大的工业上必须采取西洋方法，在小工业上则须保存我们的手。谁知道这二者有无调谐的可能呢？不过，我想，人类文化的明日，恐怕不是家家造大炮，户户有坦克车，而是要以真理代替武力，以善美代替横暴。果然如此，我们便应想一想是否该把我们的心灵也机械化了吧？次说口：成都人多数健谈。文化高的地方都如此，因为“有”话可讲。但是，这且不在话下。

这次，我听到了川剧，洋琴，与竹琴。川剧的复杂与细腻，在重庆时我已领略了一点。到成都，我才听到真好的川剧。很佩服贾佩之，萧楷成，周企何诸先生的口。我的耳朵不十分笨，连昆曲——听过几次之后——都能哼出一句半句来。可是，已经听过许多次川剧，我依然一句也哼不出。它太复杂，在牌子上，在音域上，恐怕它比任何中国的歌剧都复杂好多。我希望能用心地去学几句。假若我能哼上几句川剧来，我想，大概就可以不怕学不会任何别的歌唱了。

竹琴本很简单，但在贾树三的口中，它变成极难唱的东西。他不轻易放过一个字去，他用气控制着情，他用“抑”逼出“放”，他由细嗓转到粗嗓而没有痕迹。我很希望成都的口，也和它的手一样，能保存下来。我们不应拒绝新的音乐，可也不应把旧的扫灭。恐怕新旧相通，才能产生新的而又是民族的东西来吧。

还有许多话要说，但是很怕越说越没有道理，前边所说的那一点恐怕已经是糊涂话啊！且就这机会谢谢侯宝璋先生给我在他的客室里安了行军床，吴先忧先生领我去看戏与洋琴，文协分会会员的招待，与朋友们的赏酒饭吃！

我的母亲

母亲的娘家是北平德胜门外，土城儿外边，通大钟寺的大路上的一个小村里。村里一共有四五家人家，都姓马。大家都种点不十分肥美的地，但是与我同辈的兄弟们，也有当兵的，做木匠的，做泥水匠的，和当巡察的。他们虽然是农家，却养不起牛马，人手不够的时候，妇女便也须下地做活。

对于姥姥家，我只知道上述的一点。外公外婆是什么样子，我就不知道了，因为他们早已去世。至于更远的族系与家史，就更不晓得了；穷人只能顾眼前的衣食，没有功夫谈论什么过去的光荣；“家谱”这字眼，我在幼年就根本没有听说过。

母亲生在农家，所以勤俭诚实，身体也好。这一点事实却极重要，因为假若我没有这样的一位母亲，我以为我恐怕也就要大大的打个折扣了。

母亲出嫁大概是很早，因为我的大姐现在已是六十多岁的老太婆，而我的大外甥女还长我一岁啊。我有三个哥哥，四个姐姐，但能长大成人的，只有大姐，二姐，三姐，三哥与我。我是“老”儿子。生我的时候，母亲已有四十一岁，大姐二姐已都出了阁。

由大姐与二姐所嫁入的家庭来推断，在我生下之前，我的家里，大概还马马虎虎的过得去。那时候定婚讲究门当户对，而大姐丈是做小官的，二姐丈也开过一间酒馆，他们都是相当体面的人。

可是，我，我给家庭带来了不幸：我生下来，母亲晕过去半夜，才睁眼看见她的老儿子——感谢大姐，把我揣在怀中，致未冻死。

一岁半，我把父亲“克”死了。

兄不到十岁，三姐十二三岁，我才一岁半，全仗母亲独力抚养了。父亲的寡姐跟我们一块儿住，她吸鸦片，她喜摸纸牌，她的脾气极坏。为我们的衣食，母亲要给人家洗衣服，缝补或裁缝衣裳。在我的记忆中，她的手终年是鲜红微肿的。白天，她洗衣服，洗一两大绿瓦盆。她做事永远丝毫也不敷衍，就是屠户们送来的黑如铁的布袜，她也给洗得雪白。晚间，她与三姐抱着一盏油灯，还要缝补衣服，一直到半夜。她终年没有休息，可是在忙碌中她还把院子屋中收拾得清清爽爽。桌椅都是旧的，柜门的铜活久已残缺不全，可是她的手老使破桌面上没有尘土，残破的铜活发着光。院中，父亲遗留下的几盆石榴与夹竹桃，永远会得到应有的浇灌与爱护，年年夏天开许多花。

哥哥似乎没有同我玩耍过。有时候，他去读书；有时候，他去学徒；有时候，他也去卖花生或樱桃之类的小东西。母亲含着泪把他送走，不到两天，又含着泪接他回来。我不明白这都是什么事，而只觉得与他很生疏。与母亲相依为命的是我与三姐。因此，她们做事，我老在后面跟着。她们浇花，我也张罗着取水；她们扫地，我就撮土……从这里，我学得了爱花，爱清洁，守秩序。这些习惯至今还被我保存着。

有客人来，无论手中怎么窘，母亲也要设法弄一点东西去款待。舅父与表哥们往往是自己掏钱买酒肉食，这使她脸上羞得飞红，可是殷勤地给他们温酒作面，又给她一些喜悦。遇上亲友家中有喜丧事，母亲必把大褂洗得干干净净，亲自去贺吊——份礼也许只是两吊小钱。到如今如我的好客的习性，还未全改，尽管生活是这么清苦，因为自幼看惯了的事情是不易改掉的。

姑母常闹脾气。她单在鸡蛋里找骨头。她是我家中的阎王。直到我入了中学，她才死去，我可是没有看见母亲反抗过。“没受过婆婆的气，还不受大姑子的吗？命当如此！”母亲在非解释一下不足以平服别人的时候，才这样说。是的，命当如此。母亲活到老，穷到老，辛苦到老，全是命当如此。她最会吃亏。给亲友邻居帮忙，她总跑在前面：她会给婴儿洗三——穷朋友们可以因此少花一笔“请姥姥”钱，她会刮痧，她会给孩子们剃头，她会给少妇们绞脸……凡是她能做的，都有求必应。但是吵嘴打架，永远没有她。她宁吃亏，不斗气。当姑母死去的时候，母亲似乎把一世的委屈都哭了出来，一直哭到坟地。不知道哪里来的一位侄子，声称有承继权，母亲便一声不响，教他搬走那些破桌子烂板凳，而且把姑母养的一只肥母鸡也送给他。

可是，母亲并不软弱。父亲死在庚子闹“拳”的那一年。联军入城，挨家搜索财物鸡鸭，我们被搜两次。母亲拉着哥哥与三姐坐在墙根，等着“鬼子”进门，街门是开着的。“鬼子”进门，一刺刀先把老黄狗刺死，而后入室搜索。他们走后，母亲把破衣箱搬起，才发现了我。假若箱子不空，我早就被压死了。皇上跑了，丈夫死了，鬼子来了，满城是血光火焰，可是母亲不怕，她要在刺刀下，饥荒中，保护着儿女。北平有多少变乱啊，有时候兵变了，街市整条地烧起，火团落在我们院中。有时候内战了，城门紧闭，铺店关门，昼夜响着枪炮。这惊恐，这紧张，再加上一家饮食的筹划，儿女安全的顾虑，岂是一个软弱的老寡妇所能受得起的？可是，在这种时候，母亲的心横起来，她不慌不哭，要从无办法中想出办法来。她的泪会往心中落！这点软而硬的个性，也传给了我。我对一切人与事，都取和平的态度，把吃亏看作当然的。但是，在做人上，我有一定的宗旨与基本的法则，什么事都可将就，而不能超过自己划好的界限。我怕见生人，怕办杂事，怕出头露面；但是到了非我去不可的时候，我便不得不去，正像我的母亲。从私塾到小学，到中学，我经历过起码有廿位教师吧，其中有给我很大影响的，也有毫无影响的，但是我的真正的教师，把性格传给我的，是我的母亲。母亲并不识字，她给我的是生命的教育。

当我在小学毕了业的时候，亲友一致愿意我去学手艺，好帮助母亲。我晓得我应当去找饭吃，以减轻母亲的勤劳困苦。可是，我也愿意升学。我偷偷地考入了师范学校——制服，饭食，书籍，宿处，都由学校供给。只有这样，我才敢对母亲提升学的话。入学，要交十元的保证金。这是一笔巨款！母亲作了半个月的难，把这巨款筹到，而后含泪把我送出门去。她不辞劳苦，只要儿子有出息。当我由师范毕业，而被派为小学校校长，母亲与我都一夜不曾合眼。我只说了句："以后，您可以歇一歇了！"她的回答只有一串串的眼泪。我入学之后，三姐结了婚。母亲对儿女是都一样疼爱的，但是假若她也有点偏爱的话，她应当偏爱三姐，因为自父亲死后，家中一切的事情都是母亲和三姐共同撑持的。三姐是母亲的右手。但是母亲知道这右手必须割去，她不能为自己的便利而耽误了女儿的青春。当花轿来到我们的破门外的时候，母亲的手就和冰一样的凉，脸上没有血色——那是阴历四月，天气很暖。大家都怕她晕过去。可是，她挣扎着，咬着嘴唇，手扶着门框，看花轿徐徐地走去。不久，姑母死了。三姐已出嫁，哥哥不在家，我又住学校，家中只剩母亲自己。她还须自晓至晚的操作，可是终日没人和她说一句话。新年到了，正赶上政府倡用阳历，不许过旧年。除夕，我请了两小时的假。由拥挤不堪的街市回到清炉冷灶的家中。母亲笑了。及至听说我还须回校，她愣住了。半天，她才叹出一口气来。到我该走的时候，她递给我一些花生："去吧，小子！"街上是那么热闹，我却什么也没看见，泪遮迷了我的眼。今天，泪又遮住了我的眼，又想起当日孤独地过那凄惨的除夕的慈母。可是慈母不会再候盼着我了，她已入了土！

儿女的生命是不依顺着父母所设下的轨道一直前进的，所以老人总免不了伤心。我廿三岁，母亲要我结了婚，我不要。我请来三姐给我说情，老母含泪点了头。我爱母亲，但是我给了她最大的打击。时代使我成为逆子。廿七岁，我上了英国。为了自己，我给六十多岁的老母以第二次打击。在她七十大寿的那一天，我还远在异域。那天，据姐姐们后来告诉我，老太太只喝了两口酒，很早的便睡下。她想念她的幼子，而不便说出来。

七七抗战后，我由济南逃出来。北平又像庚子那年似的被鬼子占据了，可是母亲日夜惦念的幼子却跑西南来。母亲怎样想念我，我可以想象得到，可是我不能回去。每逢接到家信，我总不敢马上拆看，我怕，怕，怕，怕有那不祥的消息。人，即使活到八九十岁，有母亲便可以多少还有点孩子气。失了慈母便像花插在瓶子里，虽然还有色有香，却失去了根。有母亲的人，心里是安定的。我怕，怕，怕家信中带来不好的消息，告诉我已是失了根的花草。

去年一年，我在家信中找不到关于老母的起居情况。我疑虑，害怕。我想象得到，如有不幸，家中念我流亡孤苦，或不忍相告。母亲的生日是在九月，我在八月半写去祝寿的信，算计着会在寿日之前到达。信中嘱咐千万把寿日的详情写来，使我不再疑虑。十二月二十六日，由文化劳军的大会上回来，我接到家信。我不敢拆读。就寝前，我拆开信，母亲已去世一年了！

生命是母亲给我的。我之能长大成人，是母亲的血汗灌养的。我之所以能成为一个不十分坏的人，是母亲感化的。我的性格，习惯，是母亲传给的。她一世未曾享过一天福，临死还吃的是粗粮。唉！还说什么呢？心痛！心痛！

北京的春节

照北京的老规矩，春节差不多在腊月的初旬就开始了。“腊七腊八，冻死寒鸦”，这是一年里最冷的时候。在腊八这天，家家都熬腊八粥。粥是用各种米，各种豆，与各种干果熬成的。这不是粥，而是小型的农业展览会。

除此之外，这一天还要泡腊八蒜。把蒜瓣放进醋里，封起来，为过年吃饺子用。到年底，蒜泡得色如翡翠，醋也有了些辣味，色味双美，使人忍不住要多吃几个饺子。在北京，过年时，家家吃饺子。

孩子们准备过年，第一件大事就是买杂拌儿。这是用花生、胶枣、榛子、栗子等干果与蜜饯掺和成的。孩子们喜欢吃这些零七八碎儿。第二件大事是买爆竹，特别是男孩子们。恐怕第三件事才是买各种玩意儿——风筝、空竹、口琴等。

孩子们欢喜，大人们也忙乱。他们必须预备过年吃的、喝的、穿的、用的，好在新年时显出万象更新的气象。

腊月二十三过小年，差不多就是过春节的“彩排”。天一擦黑，鞭炮响起来，便有了过年的味道。这一天，是要吃糖的，街上早有好多卖麦芽糖与江米糖的，糖形或为长方块或为瓜形，又甜又黏，小孩子们最喜欢。

过了二十三，大家更忙。必须大扫除一次，还要把肉、鸡、鱼、青菜、年糕什么的都预备充足——店铺多数正月初一到初五关门，到正月初六才开张。

除夕真热闹。家家赶做年菜，到处是酒肉的香味。男女老少都穿起新衣，门外贴上了红红的对联，屋里贴好了各色的年画。除夕夜家家灯火通宵，不许间断，鞭炮声日夜不绝。在外边做事的人，除非万不得已，必定赶回家来吃团圆饭。这一夜，除了很小的孩子，没有什么人睡觉，都要守岁。

正月初一的光景与除夕截然不同：铺户都上着板子，门前堆着昨夜燃放的爆竹纸皮，全城都在休息。

男人们午前到亲戚家、朋友家拜年。女人们在家中接待客人。城内城外许多寺院举办庙会，小贩们在庙外摆摊卖茶、食品和各种玩具。小孩子们特别爱逛庙会，为的是有机会到城外看看野景，可以骑毛驴，还能买到那些新年特有的玩具。庙会上有赛马的，还有赛骆驼的。这些比赛并不为争谁第一谁第二，而是在观众面前表演马、骆驼与骑者的美好姿态与娴熟技能。

多数铺户在正月初六开张，不过并不很忙，铺中的伙计们还可以轮流去逛庙会、逛天桥和听戏。

元宵上市，春节的又一个高潮到了。正月十五，处处张灯结彩，整条大街像是办喜事，红火而美丽。有名的老铺子都要挂出几百盏灯来，各形各色，有的一律是玻璃的，有的清一色是牛角的，有的都是纱灯，有的通通彩绘全部《红楼梦》或《水浒传》故事。这在当年，也是一种广告。灯一悬起，任何人都可以进到铺中参观。晚上灯中点上烛，观者就更多。

小孩子们买各种花炮燃放，即使不跑到街上去淘气，在家中照样能有声有光地玩耍。家中也有灯：走马灯、宫灯、各形各色的纸灯，还有纱灯，里面有小铃，到时候就叮叮地响。这一天大家还必须吃元宵呀！这的确是美好快乐的日子。

一眨眼，到了残灯末庙，春节在正月十九结束了。学生该去上学，大人又去照常做事。腊月和正月，在农村正是大家最闲的时候。过了灯节，天气转暖，大家就又去忙着干活了。北京虽是城市，可是它也跟着农村一齐过年，而且过得分外热闹。

迎春
花開富贵丁財旺

养花

我爱花，所以也爱养花。我可还没成为养花专家，因为没有工夫去研究和试验。我只把养花当作生活中的一种乐趣，花开得大小好坏都不计较，只要开花，我就高兴。在我的小院子里，一到夏天满是花草，小猫只好上房去玩，地上没有它们的运动场。

花虽然多，但是没有奇花异草。珍贵的花草不易养活，看着一棵好花生病要死是件难过的事。北京的气候，对养花来说不算很好，冬天冷，春天多风，夏天不是干旱就是大雨倾盆，秋天最好，可是会忽然闹霜冻。在这种气候里，想把南方的好花养活，我还没有那么大的本事。因此，我只养些好种易活、自己会奋斗的花草。

不过，尽管花草自己会奋斗，我若是置之不理，任其自生自灭，大半还是会死的。我得天天照管它们，像好朋友似的关心它们。一来二去，我摸着一些门道：有的喜阴，就别放在太阳地里；有的喜干，就别多浇水。摸着门道，花草养活了，而且三年五载老活着、开花，多么有意思啊！不是乱吹，这就是知识呀！多得些知识绝不是坏事。

我不是有腿病吗，不但不利于行，也不利于久坐。我不知道花草们受我的照顾，感谢我不感谢；我可得感谢它们。在我工作的时候，我总是写几十个字，就到院中去看看，浇浇这棵，搬搬那盆，然后回到屋中再写一点，然后再出去，如此循环，让脑力劳动和体力劳动结合到一起，有益身心，胜于吃药。要是赶上狂风暴雨或天气突变，就得全家动员，抢救花草，十分紧张。几百盆花，都要很快地抢到屋里去，使人腰酸腿疼，热汗直流。第二天，天气好了，又得把花都搬出去，就又一次腰酸腿疼，热汗直流。可是，这多么有意思呀！不劳动，连棵花也养不活，这难道不是真理吗？

送牛奶的同志进门就夸“好香”，这使我们全家都感到骄傲。赶到昙花一现的时候，约几位朋友来看看，更有秉烛夜游的味道——昙花总在夜里开放。花分根了，一棵分为几棵，就赠给朋友们一些；看着友人拿走自己的劳动果实，心里自然特别欢喜。

当然，也有伤心的时候，今年夏天就有这么一回。三百棵菊秧还在地上（没到移入盆中的时候），下了暴雨，邻家的墙倒了，菊秧被砸死三十多种，一百多棵。全家人几天都没有笑容。

有喜有忧，有笑有泪，有花有果，有香有色。既须劳动，又长见识，这就是养花的乐趣了。

落花生

我是个谦卑的人。但是，口袋里装上四个铜板的落花生，一边走一边吃，我开始觉得比秦始皇还骄傲。假若有人问我：“你要是做了皇上，你怎么享受呢？”简直不必思索，我就答得出：“派四个大臣拿着两块钱的铜子，爱买多少花生吃就买多少！”

什么东西都有个幸与不幸。不知道为什么瓜子比花生的名气大。你说，凭良心说，瓜子有什么吃头？它夹你的舌头，塞你的牙，激起你的怒气——因为一咬就碎。就是幸而没碎，也不过是那么小小的一片，不解饿，没味道，劳民伤财，布尔乔亚！你看落花生：大大方方的，浅白麻子，细腰，曲线美。这还只是看外貌。弄开看：一胎儿两个或者三个粉红的胖小子。脱去粉红的衫儿，象牙色的豆瓣一对对地抱着，上边儿还结着吻。那个光滑，那个水灵，那个香喷喷的，碰到牙上那个干松酥软！白嘴吃也好，就酒喝也好，放在舌上当槟榔含着也好。写文章的时候，三四个花生可以代替一支香烟，而且有益无损。

种类还多呢：大花生、小花生、大花生米、小花生米、糖饯的、炒的、煮的、炸的，各有各的风味，而都好吃。下雨阴天，煮上些小花生，放点盐；来四两玫瑰露，够作好几首诗的。瓜子可给诗的灵感？冬夜，早早地躺在被窝里，看着《水浒》，枕旁放着些花生米，花生米的香味，在舌上，在鼻尖，被窝里的暖气，武松打虎……这便是天国！冬天在路上，刮着冷风，或下着雪，袋里有些花生使你心中有了主儿，掏出一个来，剥了，慌忙往口中送，闭着嘴嚼，风或雪立刻不那么厉害了。况且，一个二十岁以上的人肯神仙似的、无忧无虑地、随随便便地在街上一边走一边吃花生，这个人将来要是做了宰相或度支部尚书，他是不会有官僚气与贪财的。他若是做了皇上，必是朴俭、温和、直爽、天真的一位皇上，没错。

吃瓜子的照例不在街上走着吃，所以我不给他保这个险。

至于家中要是有小孩儿，花生简直比什么也重要。不但可以吃，而且能拿它们玩。夹在耳唇上当环子，几个小姑娘就能办很大的一回喜事。小男孩若找不着玻璃球儿，花生也可以当弹儿。玩法还多着呢。玩了之后，剥开再吃，也还不脏。两个大子儿的花生可以玩半天；给他们些瓜子试试。

论样子，论味道，栗子其实满有势派儿。可是它没有落花生那点家常的“自己”劲儿。栗子跟人没有交情，仿佛是。核桃也不行，榛子就更显着疏远。落花生在哪里都有人缘，自天子以至庶人都跟它是朋友，这不容易。

在英国，花生叫作“猴豆”——Monkey nuts。人们到动物园去才带上一包，去喂猴子。花生在这个国里真不算很光荣，可是我亲眼看见去喂猴子的人——小孩就更不用提了——偷偷地也往自己口中送这猴豆。花生和苹果好像一样的有点魔力，假如你知道苹果的典故。我这儿确是用着典故。

美国吃花生的不限于猴子。我记得有位美国姑娘，在到中国来的时候，把几只皮箱的空处都填满了花生，大概凑起来总够十来斤吧，怕是到中国吃不着这种宝物。美国姑娘都这样重看花生，可见它确是有价值。按照哥伦比亚的哲学博士的辩证法看，这当然没有误儿。

花生大概还跟婚礼有点关系，一时我可想不起来是怎么个办法了，不是新娘子在轿里吃花生，不是。反正是什么什么春吧——你可晓得这个典故？其实花轿里真放上一包花生米，新娘子未必不一边落泪一边嚼着。

猫

猫的性格实在有些古怪。说它老实吧，它的确有时候很乖。它会找个暖和地方，成天睡大觉，无忧无虑，什么事也不过问。可是，赶到它决定要出去玩玩，就会出走一天一夜，任凭谁怎么呼唤，它也不肯回来。说它贪玩吧，的确是呀，要不怎么会一天一夜不回家呢？可是，及至它听到点老鼠的响动啊，它又多么尽职，闭息凝视，一连就是几个钟头，非把老鼠等出来不拉倒！

它要是高兴，能比谁都温柔可亲：用身子蹭你的腿，把脖儿伸出来要求给抓痒，或是在你写稿子的时候，跳上桌来，在纸上踩印几朵小梅花。它还会丰富多腔地叫唤，长短不同，粗细各异，变化多端，力避单调。在不叫的时候，它还会咕噜咕噜地给自己解闷。这可都凭它的高兴。它若是不高兴啊，无论谁说多少好话，它一声也不出，连半个小梅花也不肯印在稿纸上！它倔强得很！

是，猫的确是倔强。看吧，大马戏团里什么狮子、老虎、大象、狗熊，甚至于笨驴，都能表演一些玩艺儿，可是谁见过耍猫呢？（昨天才听说：苏联的某马戏团里确有耍猫的，我当然还没亲眼见过。）

这种小动物确是古怪。不管你多么善待它，它也不肯跟着你上街去逛逛。它什么都怕，总想藏起来。可是它又那么勇猛，不要说见着小虫和老鼠，就是遇上蛇也敢斗一斗。它的嘴往往被蜂儿或蝎子蜇得肿起来。

赶到猫儿们一讲起恋爱来，那就闹得一条街的人们都不能安睡。它们的叫声是那么尖锐刺耳，使人觉得世界上若是没有猫啊，一定会更平静一些。

可是，及至女猫生下两三个棉花团似的小猫啊，你又不恨它了。它是那么尽责地看护儿女，连上房兜兜风也不肯去了。

郎猫可不那么负责，它丝毫不关心儿女。它或睡大觉，或上房去乱叫，有机会就和邻居们打一架，身上的毛儿滚成了毡，满脸横七竖八都是伤痕，看起来实在不大体面。好在它没有照镜子的习惯，依然昂首阔步，大喊大叫，它匆忙地吃两口东西，就又去挑战开打。有时候，它两天两夜不回家，可是当你以为它可能已经远走高飞了，它却瘸着腿大败而归，直入厨房要东西吃。

过了满月的小猫们真是可爱，腿脚还不甚稳，可是已经学会淘气。妈妈的尾巴，一根鸡毛，都是它们的好玩具，耍上没结没完。一玩起来，它们不知要摔多少跟头，但是跌倒即马上起来，再跑再跌。它们的头撞在门上，桌腿上，和彼此的头上。撞疼了也不哭。

它们的胆子越来越大，逐渐开辟新的游戏场所。它们到院子里来了。院中的花草可遭了殃。它们在花盆里摔跤，抱着花枝打秋千，所过之处，枝折花落。你不肯责打它们，它们是那么生气勃勃，天真可爱呀。可是，你也爱花。这个矛盾就不易处理。

现在，还有新的问题呢：老鼠已差不多都被消灭了，猫还有什么用处呢？而且，猫既吃不着老鼠，就会想办法去偷捉鸡雏或小鸭什么的开开荤。这难道不是问题吗？

在我的朋友里颇有些位爱猫的。不知他们注意到这些问题没有？记得二十年前在重庆住着的时候，那里的猫很珍贵，须花钱去买。在当时，那里的老鼠是那么猖狂，小猫反倒须放在笼子里养着，以免被老鼠吃掉。据说，目前在重庆已很不容易见着老鼠。那么，那里的猫呢？是不是已经不放在笼子里，还是根本不养猫了呢？这须打听一下，以备参考。

也记得三十年前，在一艘法国轮船上，我吃过一次猫肉。事前，我并不知道那是什么肉，因为不识法文，看不懂菜单。猫肉并不难吃，虽不甚香美，可也没什么怪味道。是不是该把猫都送往法国轮船上去呢？我很难做出决定。

猫的地位的确降低了，而且发生了些小问题。可是，我并不为猫的命运多担什么心思。想想看吧，要不是灭鼠运动得到了很大的成功，消除了巨害，猫的威风怎会减少了呢？两相比较，灭鼠比爱猫更重要得多，不是吗？我想，世界上总会有那么一天，一切都机械化了，不是连驴马也会有点问题吗？可是，谁能因担忧驴马没有事做而放弃了机械化呢？

林海

这说的是大兴安岭。自幼就在地理课本上见到过这个山名，并且记住了它，或者是因为“大兴安岭”四个字的声音既响亮，又含有兴国安邦的意思吧。是的，这个悦耳的名字使我感到亲切、舒服。可是，那个“岭”字出了点岔子：我总以为它是奇峰怪石，高不可攀的。这回，有机会看到它，并且进到原始森林里边去，脚落在千年万年积累的几尺厚的松针上，手摸到那些古木，才真的证实了那种亲切与舒服并非空想。

对了，这个“岭”字，可跟秦岭的“岭”字不大一样。岭的确很多，高点的，矮点的，长点的，短点的，横着的，顺着的，可是没有一条使人想起“云横秦岭”那种险句。多少条岭啊，在疾驰的火车上看了几个钟头，既看不完，也看不厌。每条岭都是那么温柔，虽然下自山脚，上至岭顶，长满了珍贵的林木，可是谁也不孤峰突起，盛气凌人。

目之所及，哪里都是绿的。的确是林海。群岭起伏是林海的波浪。多少种绿颜色呀：深的，浅的，明的，暗的，绿得难以形容，绿得无以名之。我虽诌了两句“高岭苍茫低岭翠，幼林明媚母林幽”，但总觉得离眼前实景还相差很远。恐怕只有画家才能够写下这么多的绿颜色来吧？

兴安岭上千般宝，第一应夸落叶松。是的，这是落叶松的海洋。看，“海”边上不是还有些白的浪花吗？那是些俏丽的白桦，树干是银白色的。在阳光下，一片青松的边沿，闪动着白桦的银裙，不像海边上的浪花吗？

两山之间往往流动着清可见底的溪河，河岸上有多少野花呀。我是爱花的人，到这里我却叫不出那些花的名儿来。兴安岭多么会打扮自己呀：青松作衫，白桦为裙，还穿着绣花鞋呀。连树与树之间的空隙也不缺乏色彩：在松影下开着各种的小花，招来各色的小蝴蝶——它们很亲热地落在客人的身上。花丛里还隐藏着像珊瑚珠似的小红豆，兴安岭中酒厂所造的红豆酒就是用这些小野果酿成的，味道很好。

就凭上述的一些风光，或者已经足以使我们感到兴安岭的亲切可爱了。还不尽然：谁进入岭中，看到那数不尽的青松白桦，能够不马上向四面八方望一望呢？有多少省市的建设与兴安岭完全没有关系呢？这么一想，“亲切”与“舒服”这种字样用来就大有根据了。所以，兴安岭越看越可爱！是的，我们在图画中或地面上看到奇山怪岭，也会发生一种美感，可是，这种美感似乎是起于惊异与好奇。兴安岭的可爱，就在于它美得并不空洞。它的千山一碧，万古长青，又恰好与广厦、良材联系起来。于是，它的美丽就与建设结为一体，不仅使我们拍掌称奇，而且叫

心中感到温暖，因而亲切、舒服。

哎呀，是不是误投误撞跑到美学问题上来了呢？假若是那样，我想：把美与价值联系起来，也未必不好。我爱兴安岭，也更爱兴安岭与我们生活上的亲切关系。它的美丽不是孤立的，而是与我们的建设分不开的。它使不远千里而来的客人感到就爱护它，感谢它。

及至看到林场，这种亲切之感便更加深厚了。我们伐木取材，也造林护树，左手砍，右手栽。我们不仅取宝，也作科学研究，使林海不但能够万古长青，而且百计千方，综合利用。山林中已有了不少的市镇，给兴安岭添上了新的景色，添上了愉快的劳动歌声。人与山的关系日益密切，怎能使我们不感到亲切、舒服呢？我不晓得当初为什么管它叫作兴安岭，由今天看来，它的确含有兴国安邦的意义了。

草原

自幼就见过“天苍苍，野茫茫，风吹草低见牛羊”这类的词句。这曾经发生过不太好的影响，使人怕到北边去。这次，我看到了草原。那里的天比别处的天更可爱，空气是那么清鲜，天空是那么明朗，使我总想高歌一曲，表示我的愉快。在天底下，一碧千里，而并不茫茫。四面都有小丘，平地是绿的，小丘也是绿的。羊群一会儿上了小丘，一会儿又下来，走在哪里都像给无边的绿毯绣上了白色的大花。那些小丘的线条是那么柔美，就像没骨画那样，只用绿色渲染，没有用笔勾勒，于是，到处翠色欲流，轻轻流入云际。这种境界，既使人惊叹，又叫人舒服，既愿久立四望，又想坐下低吟一首奇丽的小诗。在这境界里，连骏马与大牛都有时候静立不动，好像回味着草原的无限乐趣。紫塞，紫塞，谁说的？这是个翡翠的世界。连江南也未必有这样的景色啊！

我们访问的是陈巴尔虎旗的牧业公社。汽车走了一百五十华里，才到达目的地。一百五十里全是草原。再下次一百五十里，也还是草原。草原上行车至为洒脱，只要方向不错，怎么走都可以。初入草原，听不见一点声音，也看不见什么东西，除了一些忽飞忽落的小鸟。走了许久，远远地望见了迂回的，明如玻璃的一条带子。河！牛羊多起来，也看到马群，隐隐有鞭子的轻响。快了，快到公社了。忽然，像被一阵风吹来的，远丘上出现了一群马，马上的男女老少穿着各色的衣裳，骏马疾驰，襟飘带舞，像一条彩虹向我们飞过来。这是主人来到几十里外，欢迎远客。见到我们，主人们立刻拨转马头，欢呼着，飞驰着，在汽车左右与前面引路。静寂的草原热闹起来：欢呼声，车声，马蹄声，响成一片。车、马飞过了小丘，看见了几座蒙古包。

蒙古包外，许多匹马，许多辆车。人很多，都是从几十里外乘马或坐车来看我们的。我们约请了海拉尔的一位女舞蹈员给我们做翻译。她的名字漂亮——水晶花。她就是陈旗的人，鄂温克族。主人们下了马，我们下了车。也不知道是谁的手，总是热乎乎地握着，握住不散。我们用不着水晶花同志给做翻译了。大家的语言不同，心可是一样。握手再握手，笑了再笑。你说你的，我说我的，总的意思都是民族团结互助！

也不知怎的，就进了蒙古包。奶茶倒上了，奶豆腐摆上了，主客都盘腿坐下，谁都有礼貌，谁都又那么亲热，一点不拘束。不大会儿，好客的主人端进来大盘子的手抓羊肉和奶酒。公社的干部向我们敬酒，七十岁的老翁向我们敬酒。正是：

祝福频频难尽意，举杯切切莫相忘！

我们回敬，主人再举杯，我们再回敬。这时候鄂温克姑娘们，戴着尖尖的帽儿，既大方，又稍有点羞涩，来给客人们唱民歌。我们同行的歌手也赶紧唱起来。歌声似乎比什么语言都更响亮，都更感人，不管唱的是什么，听者总会露出会心的微笑。

饭后，小伙子们表演套马、摔跤，姑娘们表演了民族舞蹈。客人们也舞的舞，唱的唱，并且要骑一骑蒙古马。太阳已经偏西，谁也不肯走。是呀！蒙汉情深何忍别，天涯碧草话斜阳！

风景区

扎兰屯真无愧是塞上的一颗珍珠。多么幽美呀！它不像苏杭那么明媚，也没有天山万古积雪的气势，可是它独具风格，幽美得迷人。它几乎没有什么人工的雕饰，只是纯系自然的那么一些山川草木。谁也指不出哪里是一“景”，可是谁也不能否认它处处美丽。它没有什么石碑，刻着什么什么烟树，或什么什么奇观。它只是那么纯朴的，大方的，静静的，等待着游人。没有游人呢，也没大关系。它并不有意地装饰起来，向游人索要诗词，它自己便充满了最纯朴的诗情词韵。

四面都有小山，既无奇峰，也没有古寺，只是那么静静地在青天下绣成一个翠环。环中间有一条河，河岸上这里多些，那里少些，随便地长着绿柳白杨。几头黄牛，一小群白羊，在有阳光的地方低着头吃草，并看不见牧童。也许有，恐怕是藏在柳荫下钓鱼呢。河岸是绿的。高坡也是绿的。绿色一直接上了远远的青山。这种绿色使人在梦里也忘不了，好像细致地染在心灵里。

绿草中有多少花呀。石竹，桔梗，还有许多说不上名儿的，都那么毫不矜持地开着各色的花，吐着各种香味，招来无数的蜂蝶，闲散而又忙碌地飞来飞去。既不必找小亭，也不必找石墩，就随便坐在绿地上吧。风儿多么清凉，日光可又那么和暖，使人在凉暖之间，想闭上眼睡去，所谓“陶醉”，也许就是这样吧？

夕阳在山，该回去了。路上到处还是那么绿，还有那么多的草木，可是总看不厌。这里有一片荞麦，开着密密的白花；那里有一片高粱，在微风里摇动着红穗。也必须立定看一看，平常的东西放在这里仿佛就与众不同，正是因为有些荞麦与高粱，我们才越觉得全部风景的自自然然，幽美而亲切。看，那间小屋上的金黄的大瓜哟！也得看好大半天，仿佛向来也没有看见过！

是不是因为扎兰屯在内蒙古，所以才把五分美说成十分呢？一点也不是！我们不便拿它和苏杭或桂林山水作比较，但是假若非比一比不可的话，最公平的说法便是各有千秋。“天苍苍，野茫茫”在这里越发显得不恰当了。我并非在这里单纯地宣传美景，我是要指出，并希望矫正以往对内蒙古的那种不正确的看法。知道了一点实际情况，像扎兰屯的美丽，或者就不至于再一听到“口外”“关外”等名词，便想起八月飞雪，万里流沙，望而生畏了。

春来忆广州

我爱花。因气候、水土等等关系，在北京养花，颇为不易。冬天冷，院里无法摆花，只好都搬到屋里来。每到冬季，我的屋里总是花比人多。形势逼人！屋中养花，有如笼中养鸟，即使用心调护，也养不出个样子来。除非特建花室，实在无法解决问题。我的小院里，又无隙地可建花室！

一看到屋中那些半病的花草，我就立刻想起美丽的广州来。去年春节后，我不是到广州住了一个月吗？哎呀，真是了不起的好地方！人极热情，花似乎也热情！大街小巷，院里墙头，百花齐放，欢迎客人，真是"交友看花在广州"啊！

在广州，对着我的屋门便是一株象牙红，高与楼齐，盛开着一丛丛红艳夺目的花儿，而且经常有些很小的小鸟，钻进那朱红的小"象牙"里，如蜂采蜜。真美！只要一有空儿，我便坐在阶前，看那些花与小鸟。在家里，我也有一棵象牙红，可是高不及三尺，而且是种在盆子里。它入秋即放假休息，入冬便睡大觉，且久久不醒，直到端阳左右，它才开几朵先天不足的小花，绝对没有那种秀气的小鸟做伴！现在，它正在屋角打盹，也许跟我一样，正想念它的故乡广东吧？

春天到来，我的花草还是不易安排：早些移出去吧，怕风霜侵犯；不搬出去吧，又都发出细条嫩叶，很不健康。这种细条子不会长出花来。看着真令人焦心！

好容易盼到夏天，花盆都运至院中，可还不完全顺利。院小，不透风，许多花儿便生了病。特别由南方来的那些，如白玉兰、栀子、茉莉、小金桔、茶花……也不怎么就叶落枝枯，悄悄死去。因此，我打定主意，在买来这些比较娇贵的花儿之时，就认为它们不能长寿，尽到我的心，而又不作幻想，以免枯死的时候落泪伤神。同时，也多种些叫它死也不肯死的花草，如夹竹桃之类，以期老有些花儿看。

夏天，北京的阳光过暴，而且不下雨则已，一下就是倾盆倒海而来，势不可挡，也不利于花草的生长。

秋天较好。可是忽然一阵冷风，无法预防，娇嫩些的花儿就受了重伤。于是，全家动员，七手八脚，往屋里搬呀！各屋里都挤满了花盆，人们出来进去都须留神，以免绊倒！

真羡慕广州的朋友们，院里院外，四季有花，而且是多么出色的花呀！白玉兰高达数丈，干子比我的腰还粗！英雄气概的木棉，昂首天外，开满大红花，何等气势！就连普通的花儿，四季海棠与绣球什么的，也特别壮实，叶茂花繁，花小而气魄不小！看，在冬天，窗外还有结实累累的木瓜呀！真没法儿比！一想起花木，也就更想念朋友

们！朋友们，快作几首诗来吧，你们的环境是充满了诗意的呀！

春节到了，朋友们，祝你们花好月圆人长寿，新春愉快，工作顺利！

到了济南

（一）

到济南来，这是头一遭。挤出车站，汗流如浆，把一点小伤风也治好了，或者说挤跑了；没秩序的社会能治伤风，可见事儿没绝对的好坏；那么，“相对论”大概就是这么琢磨出来的吧？

挑选一辆马车。“挑选”在这儿是必要的。马车确是不少辆，可是稍有聪明的人便会由观察而疑惑，到底那里有多少匹马是应当雇八个脚夫抬回家去？有多少匹可以勉强负拉人的责任？自然，刚下火车，决无意去替人家抬马，虽然这是善举之一；那么，找能拉车与人的马自是急需。然而这绝对不是容易的事儿，因为：第一，那仅有的几匹颇带“马”的精神的马，已早被手疾眼快的主顾雇了去。第二，那些“略”带“马气”的马，本来可以将就，哪怕是只请他拉着行李——天下还有比“行李”这个字再不顺耳，不得人心，惹人头皮疼的？而我和赶车的在辕子两边担任扶持，指导，劝告，鼓励，（如还不走）拳打脚踢之责呢。这凭良心说，大概不能不算善于应付环境，具有东方文化的妙处吧？

可是，“马”的问题刚要解决，“车”的问题早又来到：即使马能走三里五里，坚持到底不摔跟头；或者不幸跌了一跤，而能爬起来再接再厉；那车，那车，那车，是否能装着行李而车底儿不哗啦啦掉下去呢？又一个问题，确乎成问题！假使走到中途，车底哗啦啦，还是我扛着行李（赶车的当然不负这个责任），在马旁同行呢？还是叫马背着行李，我再背着马呢？自然是，三人行必有我师，陪着御者与马走上一程，也是有趣的事；可是，花了钱雇车，而自扛行李，单为证明“三人行必有我师”，是否有点发疯？

至于马背行李，我再负马，事属非常，颇有古代故事中巨人的风度，是！可有一层，我要是被压而死，那马是否能把行李送到学校去？我不算什么，行李是不能随便掉失的！不为行李，起初又何必雇车呢？小资产阶级的逻辑，不错；但到底是逻辑呀！第三，别看马与车各有问题，马与车合起来而成的“马车”是整个的问题，敢情还有惊人的问题呢——车价。一开首我便得罪了一位赶车的，我正在向那些马国之鬼，和那堆车之骨骼发呆之际，我的行李突然被一位御者抢去了。我并没生气，反倒感谢他的热心张罗。

当他把行李往车上一放的时候，一点不冤人，我确乎听见哗啦一声响，确乎看见连车带马向左右摇动者三次，向前后进退者三次。“行啊？”我低声地问御者。“行？”他十足地瞪了我一眼。“行？从济南走到德国去都行！”我不好意思再怀疑他，只好以他的话作我的信仰；

心里想：“有信仰便什么也不怕！”为平他的气，赶快问：“到——大学，多少钱？”他说了一个数儿。我心平气和地说：“我并不是要买贵马与尊车。”心里还想：“假如弄这么一份财产，将来不幸死了，遗嘱上给谁承受呢？”

正在这么想，也不知怎的，我的行李好像被魔鬼附体，全由车中飞出来了。再一看，那怒气冲天的御者一扬鞭，那瘦病之马一掀后蹄，便轧着我的皮箱跑过去。皮箱一点也没坏，只是上边落着一小块车轮上的胶皮；为避免麻烦，我也没敢叫回御者告诉他，万一他叫“我”赔偿呢！同时，心中颇不自在，怨自己“以貌取马”，哪知人家居然能掀起后蹄而跑数步之遥呢。

幸而 ×× 来了，带来一辆马车。这辆车和车站上的那些差不多。马是白色的，虽然事实上并不见得真白，可是用“白马之白”的抽象观念想起来，到底不是黑的，黄的，更不能说一定准是灰色的。马的身上不见得肥，因此也很老实。缰，鞍，肚带，处处有麻绳帮忙维系，更显出马之稳练驯良。车是黑色的，配起白马，本应黑白分明，相得益彰；可是不知济南的太阳光为何这等特别，叫黑白的相配，更显得暗淡灰丧。

行李，×× 和我，全上了车。赶车的把鞭儿一扬，吆喝了一声，车没有动。我心里说：“马大概是睡着了。马是人们最好的朋友，多少带点哲学性，睡一会儿是常有的事。”赶车的又喊了一声，车微动。只动了一动，就又停住；而那匹马确是走出好几步远。赶车的不喊了，反把马拉回来。他好像老太婆缝补袜子似的，在马的周身上下细腻而安稳地找那些麻绳的接头，慢慢地一个一个地接好，大概有三十多分钟吧，马与车又发生关系。又是一声喊，这回马是毫无可疑地拉着车走了。倒叫我怀疑：马能拉着车走，是否一个奇迹呢？

一路之上，总算顺当。左轮的皮带掉了两次，随掉随安上，少费些时间，无关紧要。马打了三个前失，把我的鼻子碰在车窗上一次，好在没受伤。跟 ×× 顶了两回牛儿，因为我们俩是对面坐着的，可是顶牛儿更显着亲热；设若没有这个机会，两个三四十的老小伙子，又焉肯脑门顶脑门的玩耍呢。因此，到了大学的时候，我模仿着西洋少女，在瘦马脸上吻了一下，表示感谢他叫我们得以顶牛的善意。

（二）

上次谈到济南的马车，现在该谈洋车。

济南的洋车并没有什么特异的地方。坐在洋车上的味道可确是与众不同。要领略这个味道，顶好先检看济南的道路一番；不然，屈骂了车夫，或诬蔑济南洋车构造不良，都不足使人心服。

检看道路的时候，请注意，要先看胡同里的；西门外确有宽而平的马路一条，但不能算作国粹。假如这检查的工作是在夜里，请别忘了拿个灯笼，踏一脚黑泥事小，把脚腕拐折至少也不甚舒服。

胡同中的路，差不多是中间垫石，两旁铺土的。土，在一个中国城市里，自然是黑而细腻，晴日飞扬，阴雨和泥的，没什么奇怪。提起那些石块，只好说一言难尽吧。假如你是个地质学家，你不难想到：这些石是否古代地层变动之时，整批的由地下翻上来，直至今日，始终原封没动；不然，怎能那样不平呢？但是，你若是个考古家，当然张开大嘴哈哈笑，济南真会保存古物哇！看，看哪一块石头没有多少年的历史！社会上一切都变了，只有你们这群老石还在这儿镇压着济南的风水！

浪漫派的文人也一定喜爱这些石路，因为块块石头带着慷慨不平的气味，且满有幽默。假如第一块屈了你的脚尖，哼，刚一迈步，第二块便会咬住你的脚后跟。左脚不幸被石洼囚住，留神吧，右脚会紧跟着滑溜出多远，早有一块中间隆起，稜而腻滑地等着你呢。这样，左右前后，处处是埋伏，有变化；假如那位浪漫派写家走过一程，要是幸而不晕过去，一定会得到不少写传奇的启示。

无论是谁，请不要穿新鞋。鞋坚固呢，脚必磨破。脚结实呢，鞋上必来个窟窿。二者必居其一。那些小脚姑娘太太们，怎能不一步一跌，真使人糊涂而惊异！

在这种路上坐汽车，咱没这经验，不能说是舒服与否。只看见过汽车中的人们，接二连三的往前蹿，颇似练习三级跳远。推小车子也没有经验，只能理想到：设若我去推一回，我敢保险，不是我——多半是我——就是小车子，一定有一个碎了的。

洋车，咱坐过。从一上车说吧。车夫拿起“把”来，也许是往前走，也许是往后退，那全凭石头叫他怎样他便得怎样。济南的车夫是没有自由意志的。石头有时一高兴，也许叫左轮活动，而把右轮抓住不放；这样，满有把坐车的翻到下面去，而叫车坐一会儿人的希望。

坐车的姿势也请留心研究一番。你要是充正气君子，挺着脖子正着身，好啦：为维持脖子的挺立，下车以后，你不变成歪脖儿柳就算万幸。你越往直里挺，它们越左右的筛摇；济南的石路专爱打倒挺脖子，显正气的人们！反之，你要是缩着脖子，懈松着劲儿，请要留神，车子忽高忽低之际，你也许有鬼神暗佑还在车上，也许完全摇出车外，脸与道旁黑土相吻。从经验中看，最好的办法是不挺不缩，带着弹性。像百码决赛预备好，专候枪声时的态度，最为相宜。一点不松懈，一点不忽略，随高就高，随低就低，车左亦左，车右亦右，车起须如据鞍而立，车落应如鲤鱼入水。这样，虽然麻烦一些，可是实在安全，而且练习惯了，以后可以不晕船。

坐车的时间也大有研究的必要，最适宜坐车的时候是犯肠胃闭塞病之际。不用吃泻药，只需在饭前，喝点开水，去坐半小时上下的洋车，其效如神。饭后坐车是最冒险的事，接连坐过三天，设若不生胃病，也得长盲肠炎。要是胃口像林黛玉那么弱的人，以完全不坐车为是，因没有一个时间是相宜的。

末了，人们都说济南洋车的价钱太贵，动不动就是两三毛钱。但是，假如你自己去在这种石路上拉车，给你五块大洋，你干得了干不了？

（三）

由前两段看来，好像我不大喜欢济南似的。不，不，有大不然者！有幽默的人爱“看”，看了，能不发笑吗？天下可有几件事，几件东西，叫你看完而不发笑的？不信，闭上一只眼，看你自己的鼻子，你不笑才怪；先不用说别的。有的人看什么也不笑，也对呀，喜悲剧的人不替古人落泪不痛快，因为他好“觉”；设身处地的那么一“觉”，世界上的事儿便少有不叫泪腺要动作动作的。嗅，原来如此！

济南有许多好的事儿，随便说几种吧：葱好，这是公认的吧，不是我造谣生事。听说，犹太人少有得肺病的，因为吃鱼吃的；山东人是不是因为多嚼大葱而不患肺病呢？这倒值得调查一下，好叫吃完葱的女士不必说话怪含羞地用手掩着嘴：假如调查结果真是山西河南广东因肺病而死的比山东多着七八十来个（一年多七八十，一万年要多若干？），而其主因确是因为口中的葱味使肺病菌倒退四十里。

在小曲儿里，时常用葱尖比美妇人的手指，这自然是春葱，绝不会是山东的老葱，设若美妇人的十指都和老葱一般儿粗（您晓得山东老葱的直径是多少寸），一旦妇女革命，打倒男人，一个嘴巴子还不把男人的半个脸打飞！这绝不是济南的老葱不美，不是。葱花自然没有什么美丽，葱叶也比不上蒲时那样挺秀，竹叶那样清劲，连蒜叶也比不上，因为蒜叶至少可以假充水仙。不要花，不看叶，单看葱白儿，你便觉得葱的伟丽了。看运动家，别看他或她的脸，要先看那两条完美的腿，看葱亦然。（运动家注意。这里一点污辱的意思没有；我自己的腿比蒜苗还细，焉敢攀高比诸葱哉！）

济南的葱白起码有三尺来长吧：粗呢，总比我的手腕粗着一两圈儿——有愿看我的手腕者，请纳参观费大洋二角。这还不算什么，最美是那个晶亮，含着水，细润，纯洁的白颜色。这个纯洁的白色好像只有看见过古代希腊女神的乳房者才能明白其中的奥妙，鲜，白，带着滋养生命的乳浆！这个白色叫你舍不得吃它，而拿在手中颠着，赞叹着，好像对于宇宙的伟大有所领悟。由不得把它一层层地剥开，每一层落下来，都好似油酥饼的折叠；这个油酥饼可不是“人”手烙成的。一层层上的长直纹儿，一丝不乱的，比画图用的白绢还美丽。看见这些纹儿，再看看馍馍，你非多吃半斤馍馍不可。人们常说——带着讽刺的意味——山东人吃的多，是不知葱之美者也！

反对吃葱的人们总是说：葱虽好，可是味道有不得人心之处。其实这是一面之词，假若大家都吃葱，而且时常开个“吃葱竞赛会”，第一名赠以重二十斤金杯一个，你看还敢有人反对否！

记得，在新加坡的时候，街上有卖柘莲者，味臭无比，可是土人和华人久住南洋者都嗜之若命。并且听说，英国维克陶利亚女皇吃过一切果品，只是没有尝过柘莲，引为憾事。济南的葱，老实地讲，实在没有奇怪味道，而且确是甜津津的。假如你不信呢，吃一棵尝尝。

讨论

日本兵到了，向来不肯和仆人讲话的阔人，也改变得谦卑和蔼了许多，逃命是何等重要的事，没有仆人的帮助，这命怎能逃得成。在这种情形之下，王老爷向李福说了话：

“李福，厅里的汽车还叫得来吗？”王老爷是财政厅厅长，因为时局不靖，好几天没到厅里去了；可是在最后到厅的那天，把半年的薪水预支了来。

“外边的车大概不能进租界了。”李福说。

“出去总可以吧？向汽车行叫一辆好了。”王老爷急于逃命，只得牺牲了公家的自用汽车。

“铺子已然全关了门。”李福说。

“但是，”王老爷思索了半天才说，“但是，无论如何，我们得离开这日租界；等会儿，大兵到了，想走也走不开了！”

李福没作声。

王老爷又思索了会儿，有些无聊，还叹了口气：

“都是太太任性，非搬到日租界来不可；假如现在还在法界住，那用着这个急！怎办？”

“老爷，日本兵不是要占全城吗？那么，各处就都变成日租界了，搬家不是白费——”

“不会搬到北平去呀？你——”王老爷没好意思骂出来。

“打下天津，就是北平，北平又怎那么可靠呢？”李福说，样子还很规矩，可是口气有点轻慢。

王老爷张了张嘴，没说什么。待了半天：“那么，咱们等死？在这儿坐着等死？”

“谁愿意大睁白眼的等死呢？”李福微微一笑，“有主意！”

“有主意还不快说，你笑什么？你——”王老爷又压住自己的脾气。

“庚子那年，我还小呢——”

“先别又提你那个庚子！”

“厅长，别忙呀！”李福忽然用了“厅长”的称呼，好像是故意的要笑。

“庚子那年，八国联军占了北平，我爸爸就一点也不怕，他本是义和团，听说洋兵进了城，他‘拍’的一下，不干了，去给日本兵当——当——”

“当向导。”

“对，向导！带着他们各处去抢好东西！”

“亡国奴！”王老爷说。

“亡国奴不亡国奴的，我这是好意，给老爷出个小主意，就凭老爷这点学问身份，到日本衙门去投效，准行！你瞧，我爸爸不过是个粗人，还能随机应变；你这一肚

富贵

儿墨水，不比我爸爸强？反正老爷在前清也做官——我跟着老爷，快三十年了，是不是？——在袁总统的时候也做官——那时候老爷的官运比现在强，我记得——现在，你还做官；这可就该这么说了：反正是做官，为什么不可以做个日本官？老爷有官做呢，李福也跟着吃碗饱饭，是不是？”

“胡说！我不能卖国！”王老爷有点发怒了。

“老爷，你要这么说呢，李福也有个办法。”

王老爷点了点头，是叫李福往下说的意思。

“老爷既不做卖国贼；要做个忠臣，就不应当在家里坐着，应当到厅里去看着那颗印。《苏武牧羊》《托兆碰碑》《宁武关》那都是忠臣，李福全听过。老爷愿意这么办，我破出这条狗命去陪着老爷！上行下效，有这么一句话没有？唱红脸的，还是唱白脸的，总得占一面，我听老爷的！”

“太太不叫我出去！”王老爷说，“我也没工夫听你这一套废话！”

李福退了两步，低头想了会儿：“要不然，老爷，这么办：庚子那年，八国联军刚进了齐化门，日本打前敌，老爷。我爸爸一听日本兵进了城，就给全胡同的人们出了主意。他叫他们在门口高悬日本旗；一块白布，当中用胭脂涂个大红蛋，很容易。挂上以后，果然日本兵把别的胡同全抢了，就是没抢我们那条——羊尾巴胡同。现在，咱们跑是不容易了。日本兵到了呢，不杀也得抢；不如挂上顺民旗，先挡一阵！”

“别说了，别说了！你要把我气死！亡国奴！”

李福看老爷生了气，怪扫兴的要往外走。

“李福！”太太由楼上下来，她已听见了他们的讨论，“李福，去找块白布，镜盒里有胭脂。”

王老爷看了太太一眼，刚要说话，只听：“咣！”一声大炮。

“李福，去找块白布，快！”王老爷喊。

考而不死是为神

考试制度是一切制度里最好的，它能把人支使得不像人了，而把脑子严格地分成若干小块块。一块装历史，一块装化学，一块……

比如早半天考代数，下午考历史，在午饭的前后你得把脑子放在两个抽屉里，中间连一点缝子也没有才行。设若你把 X+Y 和一八二八弄到一处，或者找唐朝的指数，你的分数恐怕是要在二十上下。你要晓得，状元得来个一百分呀。得这么着：上午，你的一切得是代数，仿佛连你是黄帝的子孙，和姓字名谁，全根本不晓得。你就像刚由方程式里钻出来，全身的血脉都是 X 和 Y。赶到刚一交卷，你立刻成了历史，向来没听说过代数是什么。亚历山大、秦始皇等就是你的爱人，连他们的生日是某年某月某时都知道。代数与历史千万别联宗，也别默想二者的有无关系，你是赴考呀，赴考的期间你别自居为人，你是个会吐代数、吐历史的机器。

这样考下去，你把各样功课都吐个不大离，好了，你可以现原形了。睡上一天一夜，醒来一切茫然，代数历史化学诸般武艺通通忘掉，你这才想起“妹妹我爱你”。这是种蛇蜕皮的工作，旧皮蜕尽才能自由。不然，你这条蛇不会得到文凭，就是你爱妹妹，妹妹也不爱你，准的。

最难的是考作文。在化学与物理中间，忽然叫你“人生于世”。你的脑子本来已分成若干小块，分得四四方方，清清楚楚，忽然来了个没有准地方的东西，东扑扑个空，西扑扑个空，除了出汗没有合适的办法。你的心已冷两三天，忽然叫你拿出情绪作用，要痛快淋漓，慷慨激昂，假如题目是“爱国论”，或“天下兴亡匹夫有责”，你的心要是不跳吧，笔下便无血无泪；跳吧，下午还考物理呢，把定律们都跳出去，或是跳个乱七八糟，爱国是爱了，而定律一乱则没有人替你整理，怎办？幸而不是爱国论，是山中消夏记，心无须跳了。可是，得有诗意呀。仿佛考完代数你更文雅了似的！假如你能逃出这一关去，你便大有希望了，够分不够的，反正你死不了了。被“人生于世”憋死，不是什么稀罕的事。

说回来，考试制度还是最好的制度。被考死的自然无须再提。假若考而不死，你放胆活下去吧，这已明明告诉你，你是十世童男转生。

什么是幽默

幽默是一个外国字的译音，正像“摩托”和“德谟克拉西”等都是外国字的译音那样。为什么只译音、不译意呢？因为不好译——我们不易找到一个非常合适的字，完全能够表现原意。假若我们一定要去找，大概只有“滑稽”还相当接近原字。但是，“滑稽”不完全相等于“幽默”。“幽默”比“滑稽”的含意更广一些，也更高超一些。“滑稽”可以只是开玩笑，而“幽默”有更高的企图。凡是只为逗人哈哈一笑，没有更深的意义的，都可以算作“滑稽”，而“幽默”则须有思想性与艺术性。

原来的那个外国字有好几个不同的意思，不必在这一一介绍。我们只说一说现在我们怎么用这个字。

英国的狄更斯、美国的马克·吐温和俄罗斯的果戈里等伟大作家都一向被称为幽默作家。他们的作品和别的伟大作品一样地憎恶虚伪、狡诈等恶德，同情弱者、被压迫者和受苦的人。但是，他们的爱与憎都是用幽默的笔墨写出来的——这就是说，他们写得招笑，有风趣。

我们的相声就是幽默文章的一种。它讽刺，讽刺是与幽默分不开的，因为假若正颜厉色地教训人便失去了讽刺的意味，它必须幽默地去奇袭侧击，使人先笑几声，而后细一咂摸，脸就红起来。解放前通行的相声段子，有许多只是打趣逗哏的“滑稽”，语言很庸俗，内容很空洞，只图招人一笑，没有多少教育意义和文艺味道。解放后新编的段子就不同了，它在语言上有了含蓄，在思想上多少尽到讽刺的责任，使人听了要发笑，也要去反省。这大致地也可以说明“滑稽”和“幽默”的不同。

幽默文字不是老老实实的文字，它运用智慧、聪明与种种招笑的技巧，使人读了发笑，惊异，或啼笑皆非，受到教育。我们读一读狄更斯、马克·吐温和果戈里的作品，便能够明白这个道理。听一段好的相声，也能明白些这个道理。

幽默的作家必是极会掌握语言文学的作家，他必须写得俏皮、泼辣、精辟。幽默的作家也必须有极强的观察力与想象力。因为观察力极强，所以他能把生活中一切可笑的事、互相矛盾的事，都看出来，具体地加以描画和批评。因为想象力极强，所以他能把观察到的加以夸张，使人一看就笑起来，而且永远不忘。

不论是作家与否，都可以有幽默感。所谓幽默感就是看出事物的可笑之处，而用可笑的话来解释它，或用幽默的办法解决问题。比如说，一个小孩见到一个生人，长着很大的鼻子，小孩子是不会客气的，马上叫出来：“大鼻子！”假若这位生人没有幽默感呢，也许就会不高兴，而孩子的父母也许也感到难以为情。假若他有幽默感呢，他会笑着对小孩说：“就叫鼻子叔叔吧！”这不就大家一笑而解决了问题吗?

幽默的作家当然会有幽默感。这倒不是说他永远以“一笑了之”的态度应付一切。不是，他是有极强的正义感的，决不饶恕坏人坏事。不过，他也看出社会上有些心地狭隘的人，动不动就发脾气、闹情绪，其实那都是三言两语就可以解决的，用不着闹得天翻地覆。所以，幽默作家的幽默感使他既不饶恕坏人坏事，同时他的心地是宽大爽朗，会体谅人的。假若他自己有短处，他也会幽默地说出来，决不偏袒自己。

人的才能不一样，有的人会幽默，有的人不会。不会幽默的人最好不必勉强要俏，去写幽默文章。清清楚楚、老老实实的文章也能是好文章。勉强要几个字眼，企图取笑，反倒会弄巧成拙。更须注意：我们讥笑坏的品质和坏的行为，我们可绝对不许讥笑本该同情的某些缺陷。我们应该同情盲人，同情聋子或哑巴，绝对不许讥笑他们。

辞工

您是没见过老田，万幸，他能无缘无故地把人气死。就拿昨天说吧。昨天是星期六，照例他休息半天。吃过了午饭，刷刷地下起雨来。老田进来了：“先生，打算跟您请长假！”“为什么呢？”“您看，今天该我歇半天，偏偏下雨！”

“我没叫谁下雨呀！”我说。

“可是您叫我星期六休息。”他说。

“今天出不去，不会明天再补上吗？”我说。

“今天是今天，明天是明天，今天我怎么办？”他说。

“你上吊去。”我说。

“在哪儿上？”他说。

幸而二姐来了，把这一场给解说过去。我指给他一条路，叫他去睡觉。

我不知道他睡着了没有，不大一会儿他又进来了：“先生，打算跟您请长假！”

“又怎么了？”我说。

“您看，我刚要睡着，小球过来闻我的鼻子。”他说。

“我没让小球闻你的鼻子。”我说。

“可是您叫我去睡觉。”他说。

“不爱睡就不用睡呀。”我说。

“大下雨的天，不睡干什么？”他说。

“我没求龙王爷下雨呀。”我说。

“可是您叫我星期六休息。”他说。

“好吧，你要走就走，给你两个月的工钱。”我说。

“您还得多给点，外边还有点零碎账儿。”他说。

“有五块钱够不够？”我说。

“够了。”他说。

他拿着钱走出去。

雨小了，南边的天有裂开的样子。

老田抱着小球，在房檐下站着。站得工夫大了，我始终没搭理他。他跟小球说开了：“小乖球，小白球，找先生去吧？”

我知道他是要进来找我。果然他搭讪着进来了。

“先生，天快晴了，我还是出去走一趟吧。”他说。

“不请长假了？”我说。

他假装没听见。“先生，那五块钱我先拿着吧，家里今年麦秋收得不好。”

“那天你不是说麦子收得很好吗？”我说。

“那，我说的是别人家的麦子。”他说。

“好，去吧；回来的时候给我带几个好桃儿来。”我说。

“这几天没有好桃。”他说。

“你假装的给我找一下，找着呢就买，找不着拉倒。”我说。

“好吧。”他说，走了出去。

到夜里十一点，我睡了，他才回来。

“先生，给您桃儿，直找了半夜，才找到这么几个好的。”他在窗外说。

“先放着吧，”我说，“蹦蹦戏什么时候散的？”

“刚散。”他说。

“你怎么听完了戏，又找了半夜的桃呢？”我说。

“哪，我看见别人刚从戏棚里出来；我并没听去。”他说。

今天早晨起来，老田一趟八趟地往外跑，好像等着什么要紧的信或消息似的。

“老田，给我买来的桃呢？”我说。

“我这不是直给您在外边看着吗？等有好的过来给您买几个。”他说。

“那么昨天晚上你没买来？”我说。

“昨晚上您不是睡了吗？早晨买刚下树的多么好！”他说。

有声电影

二姐还没有看过有声电影。可是她已经有了一种理论。在没看见以前，先来一套说法，不独二姐如此，有许多伟人也是这样；此之谓“知之为知之，不知为知之”也。她以为有声电影便是电机嗒嗒之声特别响亮而已。要不然便是当电人——二姐管银幕上的英雄美人叫电人——互相接吻的时候，台下鼓掌特别发狂，以成其“有声”。她确信这个，所以根本不想去看。本来她对电影就不大热心，每当电人接吻，她总是用手遮上眼的。

但据说有声电影是有说有笑而且有歌。她起初还不相信，可是各方面的报告都是这样，她才想开开眼。

二姥姥等也没开过此眼，而二姐又恰巧打牌赢了钱，于是大请客。二姥姥三舅妈，四姨，小秃，小顺，四狗子，都在被请之列。

二姥姥是天一黑就睡，所以决不能去看夜场；大家决定午时出发，看午后两点半那一场。看电影本是为开心解闷，所以十二点动身也就行了。要是上车站接个人什么的，二姐总是早去七八小时的。那年二姐夫上天津，二姐在三天前就催他到车站去，恐怕临时找不到座位。

早动身可不见得必定早到；要不怎么越早越好呢。说是十二点走哇，到了十二点三刻谁也没动身。二姥姥找眼镜找了一刻来钟；确是不容易找，因为眼镜在她自己腰里带着呢。跟着就是三舅妈找钮子，翻了四只箱子也没找到，结果是换了件衣裳。四狗子洗脸又洗了一刻多钟，这还总算顺当；往常一个脸得至少洗四十多分钟，还得有门外的巡警给帮忙。

出发了。走到巷口，一点名，小秃没影了。大家折回家里，找了半点多钟，没找着。大家决定不看电影了，找小秃是更重要的。把新衣裳全脱了，分头去找小秃。正在这个当儿，小秃回来了；原来他是跑在前面，而折回来找她们。好吧，再穿好衣裳走吧，巷外有的是洋车，反正耽误不了。

二姥姥给车价还按着现洋换一百二十个铜子时的规矩，多一个不要。这几年了，她不大出门，所以老觉得烧饼卖三个大锅子一个不是件事实，而是大家欺骗她。现在拉车的三毛两毛向她要，也不是车价高了，是欺侮她年老走不动。她偏要走一个给他们瞧瞧。这一挂劲可有些“憧憬”：她确是有志向前迈步，不过脚是向前向后，连她自己也不准知道。四姨倒是能走，可惜为看电影特意换上高底鞋，似乎非扶着点什么不敢抬脚。她假装过去搀着二姥姥，其实是为自己找个靠头。不过大家看得很清楚，要是跌倒的话，这二位一定是一齐倒下。四狗子和小秃们急得直打蹦。

总算不离，三点一刻到了电影院。电影已经开映。这当然是电影院不对，难道不晓得二姥姥今天来么？二姐实在觉得有骂一顿街的必要，可是没骂出来，她有时候也很能“文明”一气。

既来之则安之，打了票。一进门，小顺便不干了，怕黑，黑的地方有红眼鬼，无论如何也不能进去。二姥姥一看里面黑洞洞，以为天已经黑了，想起来睡觉的舒服；她主张带小顺回家。要是不为二姥姥，二姐还想不起请客呢。谁不知道二姥姥已经是土埋了半截的人，不看回有声电影，将来见阎王的时候要是盘问这一层呢？大家开了家庭会议。不行，二姥姥是不能走的。至于小顺，好办，买几块糖好了。吃糖自然便看不见红眼鬼了。事情便这样解决了。四姨搀着二姥姥，三舅妈拉着小顺，二姐招呼着小秃和四狗子。前呼后应，在暗中摸索，虽然有看座的过来招待，可是大家各自为政地找座儿，忽前忽后，忽左忽右，离而复散，分而复合，主张不一，而又愿坐在一块儿。直落得二姐口干舌燥，二姥姥连喘带嗽，四狗子咆哮如雷，看座的满头是汗。观众们全忘了看电影，一齐恶声的“吃——”，但是压不下去二姐的指挥口令。二姐在公共场所说话特别响亮，要不怎样是“外场”人呢。

直到看座的电棒中的电已使净，大家才一狠心找到了座。不过，还不能这么马马虎虎地坐下。大家总不能忘了谦恭呀，况且是在公共场所。二姥姥年高有德，当然往里坐。可是二姥姥当着四姨怎肯倚老卖老，四姨是姑奶奶呀；而二姐又是姐姐兼主人；而三舅妈到底是媳妇，而小顺子等是孩子；一部伦理从何处说起？大家打架似的推让，甚至把前后左右的观众都感化得直喊叫老天爷。好容易大家觉得让的已够上相当的程度，一齐坐下。可是小顺的糖还没有买呢！二姐喊卖糖的，真喊得有劲，连卖票的都进来了，以为是卖糖的杀了人。

糖买过了，二姥姥想起一桩大事——还没咳嗽呢。二姥姥一阵咳嗽，惹起二姐的孝心，与四姨三舅妈说起二姥姥的后事来。老人家像二姥姥这样的，是不怕儿女当面讲论自己的后事，而且乐意参加些意见，如“别的都是小事，我就是要个金九连环。也别忘了糊一对童儿！”这一说起来，还有完吗？一桩套着一桩，一件联着一件，说也奇怪，越是在戏馆电影场里，家事越显着复杂。大家刚说到热闹的地方，忽，电灯亮了，人们全往外走。二姐喊卖瓜子的；说起家务要不吃瓜子便不够派儿。看座的过来了，“这场完了，晚场八点才开呢。”

大家只好走吧。一直到二姥姥睡了觉，二姐才想起问三舅妈：“有声电影到底怎么说来着？”三舅妈想了想：“管它呢，反正我没听见。”还是四姨细心，她说她看见一个洋鬼子吸烟，还从鼻子里冒烟呢，“电影是怎样作的，多么巧妙哇，鼻子冒烟，和真的一样，你就说。”大家都赞叹不已。

画像

前些日子，方二哥在公园开过“个展”，有字，有画，画又分中画西画两部。第一天到会参观的有三千多人，气晕了多一半，当时死了四五十位。

据我看，方二哥的字确是不坏，因为墨色很黑，而且缺着笔画的字也还不算多。可是方二哥自己偏说他的画好。在“个展”中，中画的杰作——他自己规定的——是一张人物。松树底下坐着俩老头儿。确是松树，因为他题的是“松声琴韵”。他题的是松，我要是说像榆树，不是找着打架吗？所以我一看见标题就承认了那是松树：为朋友的面子有时候也得叫良心藏起一会儿去。对于那俩老头儿，我可是没法不言语了。方二哥的俩老头儿是一顺边坐着，大小一样，衣装一样，方向一样，活像是先画了一个，然后又照描了一个。“这是怎么个讲究？”我问他。

“这？俩老头儿鼓琴！”他毫不迟疑地回答。

“为什么一模一样？我问的是。”

“怎么？不许一模一样吗？”他的眼里已然冒着点火。

“那么你不会画成一个向左，一个向右？”

“讲究画成一样！这是艺术！”他冷笑着。

我不敢再问了，他这是艺术。

又去看西画。他还跟着我。虽然他不很满意我刚才的质问，可究竟是老朋友，不好登时大发脾气。再说，我已承认了他这是艺术。

西画的杰作，他指给我，是油画的几棵鸡冠花，花下有几个黑球。不知为什么标签上只写了鸡冠花，而没管那些黑球。要不是先看了标签，要命我也想不起鸡冠花来——一些红道子夹着蓝道子，我最初以为是阴丹士林布衫上洒了狗血。后来才悟过来那是我永不能承认的鸡冠花。那些黑球是什么呢？不能也是鸡冠花吧？我不能不问了，不问太憋得慌。“那些黑玩艺是什么？”

“黑玩艺？！！！”他气得直瞪眼，“那是鸡！你站远点看！”

我退着十几步，歪着头来回地端详，还是黑球。可是为保全我的性命，我改了嘴：“可不是鸡！一边儿大，一样的黑；这是艺术！”

方二哥天真地笑了：“这是艺术。好了，这张送给你了！”

我可怪不好意思接受，他这张标价是一千五百元呢。送点小礼物，我们俩的交情确是过得着；一千五，这可不敢当！况且拿回家去，再把老人们气死一两位，也不合算。我不敢要。

我正谦谢，方二哥得了灵感：“不要这张也好，另给你画一张，我得给你画像；你的脸艺术！”

我心里凉了！不用说，我的脸不是像块砖头，就是像个黑蛋。要不方二哥怎说它长得艺术呢？我设尽方法拦阻他：没工夫；不够被画的资格；坐定就抽风……他不听这一套，非画不可；第二天还就得开始，灵感一到，机关枪也挡不住；不画就非疯了不可！我没了办法。为避免自己的脸变成黑蛋，而叫方二哥入疯人院，我不忍。画就画吧。可是我绕着弯儿递了个口语："二哥，可画细致一点。家里的人不懂艺术，他们专看像不像。我自己倒没什么，你就画个黑球就说是我，我也能欣赏。"

"艺术是艺术，管他们呢！"方二哥说，"明天早晨八点，一准！"

我没说出什么来，一天没吃饭。

第二天，还没到八点，方二哥就来了；灵感催的。喝，拿的东西多了，都挂着颜色。把东西堆在桌上，他开始惩治我。叫我坐定不动，脸儿偏着，脖子扭着，手放在膝上，别动，连眼珠都别动。我吓开了神。他进三步，退两步。向左歪头，抓抓头发，又向右看，挤挤眼睛。闹腾了半点多钟，他说我的鼻子长得不对。得换个方向，给鼻子点光。我换过方向来，他过来弹弹我的脑门，拉拉耳朵，往上兜兜鼻子，按按头发；然后告诉我不要再动。我不敢动。他又退后细看，头上出了汗。还不行，我的眼不对。得换个方向。给眼睛点光。我忍不住了，我把他推在椅子上，照样弹了他的脑门，拉了他的耳朵……"我给你画吧！"我说。

为艺术，他不能跟我赌气。他央告我再坐下："就画，就画！”我又坐好，他真动了笔。一劲嘱咐我别动。瞪我一眼，回过头去抹一个黑蛋；又瞪我一眼，在黑蛋上戳上几个绿点；又回过头来，向我的鼻子咧咧嘴，好像我的鼻子有毒似的。画了一点多钟，他累得不行了，非休息不可，仿佛我歪着头倒使他脖子酸了。我一边揉着脖子，一边去细看他画了什么。很简单，几个小黑蛋凑成的一个大黑蛋，黑蛋上有些高起的绿点。

“这不是煤球上长着点青苔？”我问。

“别忙啊，还得画十天呢。”他看着大煤球出神。

“十天？我还得坐十天？”

“啊！”

当天下午，我上了天津。两天后，家中来信说：方二哥疯了。疯就疯了吧，我有什么办法呢？

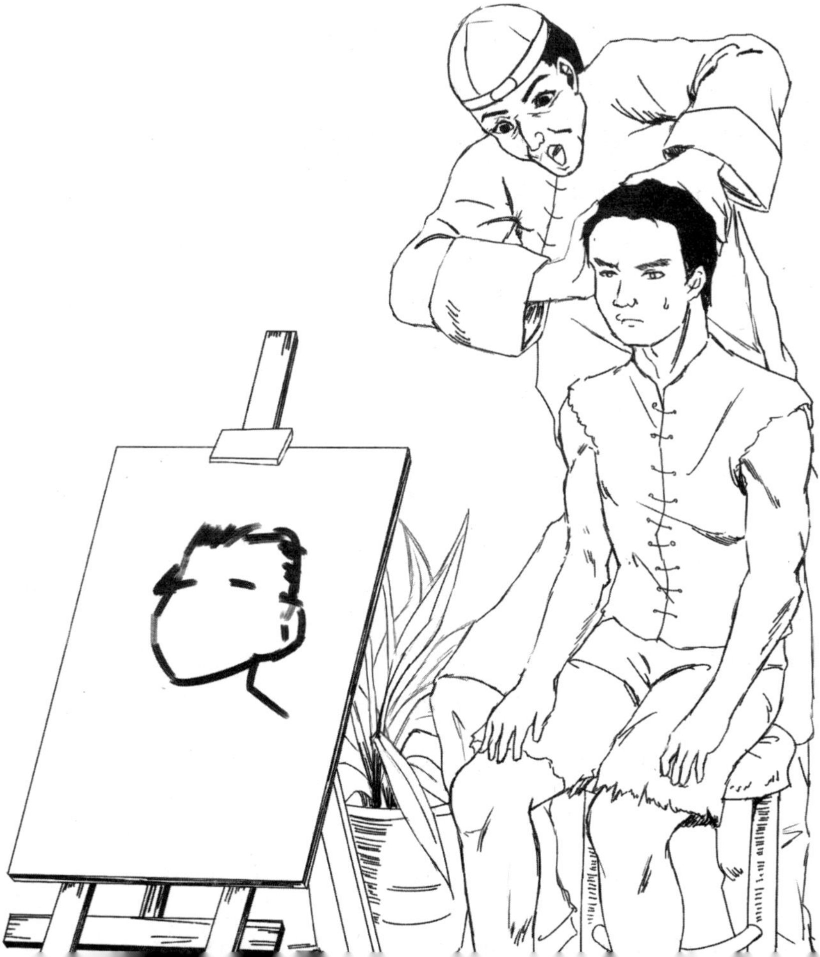

小白鼠

小白鼠有八个兄弟姐妹。他是最小的一个，也是最好看的一个。他的兄弟姊妹都是灰色的，只有他独是雪白的。雪白的毛儿，长长的尾巴，长得非常的好看。他自己也晓得他是非常的好看，所以他很骄傲。

他常常这样说："看我这一身雪白的毛儿，圆圆的眼睛！若是我的尾巴稍微再短一点，我简直便和白兔一样的美了！自然，我的聪明是永远比白兔高出得很多，不管我的尾巴是长，还是短！"

小白鼠的妈妈，很不放心她这个最小最好看，也最骄傲的儿子。妈妈总是爱小儿子的，因为他最小啊。

鼠妈妈知道附近来了一只大黄猫，就极恳切地嘱咐她的八个儿女说："你们，我的宝贝们！千万要小心哪！那只黄猫能一口咬住你们两个，因为他是一只又大又凶又饿的黄猫呀！"说罢，她特别的对小白鼠又说了一遍，恐怕他骄傲不小心，最容易招出祸来。

可是，小白鼠不信妈妈的话。他对自己说，"像我这样的好看，猫会伤害我吗？不会的！绝不会的！"这样，他便放大了胆，虽然听见猫的声音，他也仍旧东跑西跑：一点不留心。

有一天，小白鼠面对面地碰到大黄猫。一看，黄猫的眼睛是那么大，那么圆，那么亮，那么凶，他有点发慌。可是，他沉了沉气，心里说：“不管黄猫怎么厉害，他会看得出我是多么好看，也就不会欺侮我的！”这样说完，他就笑了，对黄猫说：“猫先生，你看我好看不好看？若是我的尾巴短一点，我岂不和白兔一样美了吗？”

说完，小白鼠以为大黄猫必定很客气地和他谈一谈，从此他们俩变成好朋友。哪知道大黄猫一声没出，忽然把大爪子伸出来，捉住小白鼠的颈项，就一口咬住咽喉。可怜的小白鼠，痛得眼睛都努了出来，怎么挣扎也逃不出他的嘴。

大黄猫几口便把小白鼠吃净，连那条美丽的尾巴也没有剩下，吃完，他舐了舔爪子，对自己说：“这真是一只好看的小白鼠！可是美丽不但保护不了他自己，也叫我吃得不痛快呀，他是多么小，多么瘦啊！”

小木头人

按理说，小布人的弟弟也应该是小布人。哦，这说得还不够清楚。这么说吧：小布人若是“甲”，他的弟弟应该是小布人“乙”。

不过事情真奇怪，小布人的弟弟却是小木头人。他们的妈妈和你我的妈妈一样，可是不知怎的，她一高兴，生了一个小布人，又一高兴生了个小木头人。

小布人长得很体面，白白胖胖的脸，头上梳着黑亮的一双小辫儿，大眼睛，重眉毛，红红的嘴唇。就有一个缺点，他的鼻子又短又扁。他的身上也很胖。因为胖，所以不怕冷，他终年只穿一件大红布兜肚，没有别的衣服。他很有学问，在三岁的时候，就认识了“一”字，后来他又认识了许多“一”字。不论“一”字写得多么长，多么短，也不论是写在纸上，还是墙上，他总会认得。现在他已入了初中一年级，每逢先生考试“一”字的时候，他总考第一。

小木头人没有他哥哥那么体面。他很瘦很干，全身的肌肉都是枣木的。他打扮得可是挺漂亮：一身木头童子军服，手戴木头手套，足登木头鞋子，手中老拿一根木棒。他的头很小很硬，像个流星锤似的。鼻子很尖，眼睛很小，两颗木头眼珠滴溜溜地乱转——所以虽然瘦小枯干，可是很精神。

呕，忘记报告一件重要的事！你或以为小木头人的木头衣服，也像小布人的红兜肚一样，弄脏了便脱下来，求妈妈给他洗一洗吧？那才一点也不对！小木头人的衣服不用肥皂和热水去洗，而用刨子刨。他的衣服一年刨四次，春天一次，夏天一次，秋天一次，冬天一次，一共四次。刨完了，他妈妈给他刷一道漆。春天刷绿的，夏天刷白的，秋天刷黄的，冬天刷黑的，四季四个颜色。他最怕换季，因为上了油漆以后，他至少要有三天须在胸前挂起一个纸条，上写“油漆未干”。假若不是这样，别人万一挨着他，便粘在了一块，半天也分不开。

小布人和小木头人都是好孩子。不过，比较起来嘛，小木头人比小布人要调皮淘气些。小布人差不多没有落过泪，因为把布脸哭湿，还得去烘干，相当的麻烦。因此，他永远不惹妈妈生气，也不和别的孩子打架，省得哭湿了脸。小木头人可就不然了。他非常勇敢，一点也不怕打架。一来，他的身上硬，不怕打；二来，他若是生气落泪，就更好玩——他的眼泪都是圆圆的小木球，拾起来可以当弹弓的弹子用。

比起他的哥哥来，小木头人简直一点学问也没有，他连一个“一”字也不识！他并非不聪明，可就是不用功。他会搭桥、支帐篷、练操、埋锅造饭，干脆地说吧，凡是童子军会的事情他都会。对于足球、篮球、赛跑、跳高，他也都是头等的好手。他还会游泳，而且能在水里摸上一尺多长的鱼来。可是他就是不喜欢读书，他的木头眼珠有点奇怪，能看见书上画着的小人小狗，而看不见字。入小学已经三年多了，他现在还是一年级的学生。先生一考他，他就转着眼珠说："小人拉着小狗，小人拉着小狗。"为有点变化，他有时候也说："小狗拉着小人。"他永远背不上书来。先生并不肯责打他，因为知道他的眼珠是木头的，怪可怜。况且他做事很热心，又会踢球、赛跑，先生想打他也有点不好意思了。小木头人很感激先生，所以老远看到先生就鞠躬。有时候鞠得度数太大，就跌在地上，把小尖鼻子插在土里，半天也拔不起来。

在家里，妈妈很喜爱小布人，因为他很规矩、老实、爱读书。妈妈也很喜爱小木头人，因为他很会淘气。小木头人的淘气是很有趣的。比方说吧，在没有孩子和他玩耍的时候，他会独自想法儿玩得很热闹。什么到井台上去汲水呀，把妈妈的大水缸都倒满；什么用扫帚把屋子院子都收拾得干干净净呀，好叫检查清洁的巡警给门外贴上"最整洁"的条子。什么晚上蹲在墙根，等着捉偷吃小鸡的黄狼子呀——要是不捉到黄狼子呢，起码捉来两三个蟋蟀，放在小布人被子里，吓得小布人乱叫。

这些有趣的玩耍都使妈妈相当地满意。不过，他也有时候招妈妈生气。例如，把水缸倒满，他就跳下去练习游泳，或是扫除庭院的时候，顺手把妈妈辛辛苦苦种的花草也都拔了去，妈妈就不能不生气了。特别是在晚上，他最容易招妈妈动怒。原来，小木头人是和小布人同睡一张床的。在夏天，小布人因为身上很胖，最怕蚊子，所以非放下帐子来不可。小木人呢，一点也不怕蚊子，他愿意推开帐子，把蚊子诱来，好把蚊子的尖嘴碰得生疼。可是，蚊子也不傻呀。它们看见小木人就赶紧躲开。尽管小木人很客气地叫：“蚊子先生，请来咬我的腿吧！”它们一点也不上当。嗡嗡地，它们彼此打招呼，一齐找了小布人去，把小布人叮得没办法，只好喊妈妈。妈妈很怕小布人教蚊子咬了，又打摆子。小布人一打摆子就很厉害，妈妈非给他包奎宁馅的饺子吃不可；多么麻烦，又多么贵呀！你看，妈妈能不生小木头人的气吗？

冬天虽然没有蚊子，可是他们弟兄的床上还是不十分太平。小布人睡觉很老实，连梦话也不说一句。小木头人就不然了，睡觉和练操一样：一会儿“啪”，把手打在哥哥的胖腿上，一会儿“噗”，把被子蹬个大窟窿，叫小布人没法儿好好地睡。小布人急了就只会喊妈妈，妈妈便又生了气。

妈妈尽管生气，可是不能责打小木人，因为他身上太硬。妈妈即使用棍子打他，也只听得啪啪的响，他一点也不觉得疼。这怎么办呢？妈妈可还有主意，要不然还算妈妈吗？不给他饭吃！哎呀，这一下子可把小木人治服了。想想看吧，小木人虽然是木头的，可也得吃饺子呀，炸酱面呀，鸡蛋糕和棒棒糖什么的呀。他还能光喝凉水不成吗？所以，一听妈妈说：“好了，明天早上没有你的烧饼吃！”小木人心里就发了慌，赶紧搭讪着说：“没有烧饼，光吃油条也行！”及至听见妈妈的回答——“油条也没有”——他就不敢再说一声，乖乖地把胳臂伸得笔直，再也不碰小布人一下。有时候，他急忙地搬到床底下去睡，顺手儿还捉一两个小老鼠给街坊家的老花猫吃。

可是，话又说回来了：小木人虽然淘气，不怕打架，但绝不故意欺侮人。每次打架，虽然他总受妈妈或老师的责备，可是打架的原因绝不是他爱欺侮人。他也许多打了人家两下，或把人家的衣服撕破了一块，但是十之八九，他是为了抱不平，这么说吧，比如他看见一个年岁大一点的同学，欺侮一个年岁小的同学，他的眼睛立刻就冒了火。他一点不退缩地和那个大学生死拼。假若有人说他的哥哥、妈妈或先生不好，那就必定有一次剧烈的战争。打完了架，他的小鼻子歪到一边去，身上的油漆划了许多条道子，有时候身上脸上都流出血来（他的血和松香似的，很稠很黏，有点发黄色），直像打完架的狗似的。他是勇敢的。要打就打出个样子来。

更值得述说的是有一次早晨升旗的时候，小木人的旁边的一个烂眼边的孩子没有向国旗好好敬礼。这，惹恼了小木人。他一拳把烂眼边打倒在地上。校长和老师都说他不该打人。可是他们也说小木人是知道尊敬国旗的好孩子。因为打人，校长给小木人记了一过；因为尊敬国旗，校长又给他记一功。

知道尊敬国旗，便是知道爱国。小木人很爱国。所以呢，咱们不再乱七八糟地讲，而要专说小木人爱国的故事了。

小木人的舅舅是小泥人。这位泥人虽然身量很小，可是的的确确是小木人的舅父，所以小木人不能因为舅父的身量小，而叫他作哥哥。况且，小泥人也真够作舅舅的样子，每逢来看亲戚，他必给外甥买来一堆小泥玩艺儿——什么小泥狗，小泥马，小泥骆驼，还有泥做的高射炮和坦克车。小木人和小布人哥儿俩，因此都很喜欢这位舅父。舅父的下巴上还长着些胡须，也很好玩。小木人有时候扯着舅父的胡子在院中跑几个圈，舅父也不恼。小泥人真是一位好舅舅！

不幸啊，你猜怎么着，泥人舅舅死啦！怎么死的？哼，叫炸弹给炸碎了！小泥人生来就不结实，近几年来，时常地闹病，因为上了年纪啊。有一天，看天气晴和，他换了一件蓝色的泥棉袍，买了许多的泥玩艺儿，来看外甥。哪知道，走到半路，遇上了空袭。他急忙往防空洞跑。他的泥腿向来就跑不了很快，这天又忘了带着手杖。好，他还没跑到防空洞，炸弹就落了下来！炸弹落得离他还有半里地，按说他不应当受伤。可是，他倒在了地上，身上的泥全被震成一块一块的了。

这个不幸的消息传到小木人的家中，妈妈哭得死去活来。小布人把布脸哭得像掉在水里一般。小木人的木头眼泪落了一大管箩。

啼哭是没有用处的，小木人知道。他也知道，震死泥人舅舅的炸弹是日本人的。他要报仇。他爱他的舅舅，也更爱国家。舅舅既是中国人，哪可以随便地挨日本的炸弹呢？他要给舅舅报仇，为国家雪耻！

小木人十分勇敢。说报仇就去报仇，没有什么可商量的。他急忙去预备枪。子弹不成问题，他有许多木头眼泪呢。枪可不容易找。他听老师说，机关枪最厉害，所以想得一架机关枪，哪里去找呢？这倒真不好办。不过，他把机关枪听成了鸡冠枪，于是他就想啊，把个鸡冠子放在枪上，岂不就成了鸡冠枪吗？好啦，就这么办。他找了个公鸡冠子，用绳儿捆在自己的木枪上，再把木头眼泪都放在口袋里，他就准备出发了。

小木人的衣帽本是童子军的样式，现在一手托枪，一手拿着木棍，袋中满装子弹，看起来十分的英武。他不愿让妈妈知道，怕她不许他去当兵。他只告诉了小布人，并且叫哥哥起了誓，在他走后三天再禀知母亲。小布人虽然胆子小一点，但也知道当兵是最光荣的事，便连连点头，并且起了誓。他说：

“我若在三天以前走漏了消息，叫我的小辫儿长到鼻子上来！”

他说完，弟兄亲热地握了手，他还给了弟弟一毛钱和一个鸡蛋作盘缠。

小木人离开家门，一口气就走了五里地，但他并不觉得劳累。可是他忽然站住了。他暗自思考：“往哪里去呢？哪里有日本鬼子呢？”正在这样思索，树上的鸟儿——他站住的地方原是有好几株大树的——说了话："北，北，北，咕——"小木人平日是最喜欢和小鸟们谈话的，一闻此言，忙问道：

"你说什么呀？鸟儿哥哥！"

这回四只小鸟一齐说："北，北，北，咕——"

"哦，"小木人想了想才又问，"是不是你们叫我向北去呢？"

一群小鸟同声地说："北，北，北，咕——"

小木人笑了："好！多数同意，通过！"说罢，他向小鸟们立正，敬礼，就又往前走了几步，他又转身回来，高声问道："请问，哪边是北呀？"

这一问，把小鸟们都难住了。本来嘛，小鸟们只管飞上飞下，谁管什么东西南北呢。小木人连问了三四次，并没得到回答。他很着急，小鸟们觉得很惭愧。末了，有一位老鸟，学问很大，告诉了他："北就是北！"

小木人一想，对呀，北方拿前面当作北，后面不是南吗？对！他给老鸟道了谢，就又往前走，嘴里嘟囔着："反正前面是北，后面就是南，不会错！"

小木人在头一天走了一百二十里。他的腿真快。这大概不完全因为腿快，也还因为一心去报仇，在路上一点也不贪玩。要不怎么小木人可爱呢，在办正经事的时候，他就好好地去做，绝不贪玩误事。

天黑了。他走到一条小河的岸上。他捧了几捧河内的清水，喝下去。河水是又清、又凉、又甜。喝完，他的肚里咕碌碌地响起来，他觉得十分饥饿。于是，他就坐在一块石头上，把哥哥给的那个鸡蛋慢慢地吃了下去。他知道肚中饥饿的时候，若是急忙吃东西就容易噎着，所以慢慢地吃。

天是黑了，上哪儿去睡觉呢？这时候，他有点想妈妈与布人哥哥了。但是一想起泥人舅舅死得那么惨，他就把心横起来，自言自语地说："去打日本小鬼，还能想家吗？那就太没出息了！"

向前望了一望，远远的有点灯光，小木人决定去借宿。他记得小说里常有"借宿一宵，明日早行"这么两句，就一边念着，一边往前走。过了一座小桥，穿过一片田地，他来到那有灯光的人家。他向前拍门，门里一条小狗汪汪地叫起来。小木人向来不怕狗，和气地叫了声"小黄儿"，狗儿就不再叫了。待了一会儿，里面有了人声："谁呀？"小木人知道，离家在外必须对人有礼貌，就赶紧恭恭敬敬地说："老大爷，请开开门吧，是我呀！"这样一说，里边的人还以为是老朋友呢，急忙开了门，而且把小狗儿赶在一边去。开门的果然是个老人，小木人的"老大爷"并没有叫错，因为他会辨别语声呀。老人又问了声："谁呀？"小木人立正答道："是我！"老人这才低头看见了小木人，原来他并没想到来的是个小朋友。

"哎呀！"老人惊异地说，"原来是个小孩儿呀！怎这么黑间半夜地出来呢？莫非走迷了路，找不到家了吗？"

小木人含笑地回答："不是！老大爷，我不是走迷了路，我是去投军打日本鬼子的！你知道吗，日本鬼子把我的舅舅炸死了！”

老人一听此言，更觉稀奇。心中暗想，哪有这么小的人儿就去投军的呢？同时，心中也很佩服这个小孩儿，别看他人小，志气可是大呢。于是就去拉住小木人，往门里让。这一拉不要紧，老人可吓了一跳：“我说，小朋友，你的手怎这么硬啊。”

小木人笑了：“不瞒你老人家说，我是小木人呀！”

“什么？”老人喊了起来，“小木人？小木人？”

“是呀，我是小木人！我来借宿一宵，明日早行！”小木人非常得意地用着这两句成语。

“哎呀，我倒还没有招待过木头人！”老人显出有点为难的样子，“我说，你不是什么小妖精吧！”

“不是妖精！”小木人赶紧答辩，“不信，老大爷你摸摸我，头上没有犄角，身上没有毛，后边也没有尾巴！”

这时节，院中出来一群人：一位老婆婆手中端着灯，一位小媳妇手中持着烛，还有一位大姑娘和四五个男女小孩。大家把老头儿与小木人围在当中，都觉得稀罕，都争着问怎回事。大家一齐开口，弄得谁也听不见谁的话，乱成了一团。小木人背过身子，用手捂住嘴。大家忽然听见敲锣的声音，一齐说：“空袭警报！”马上安静下来。小木人赶紧转回身来，向大家立正，敬礼，像讲演一般地说：“诸位先生，我是小木人，现在去投军打日本，今天要借宿一宵，明日早行！”

大家听明白了，就又一齐开口问长问短，老人喊了一声："雅静！"看大家又不出声了，才说："我们要先熄了灯，不是有警报吗？"

小木人不由得笑出声来，"那，那，那是我嘴中学敲锣呀！不是真的！"

这样一说，逗得大家又笑成了一团。

"雅静！"老人喊了一声，接着说，"现在我们怎么办呢？咱们没有招待过木头人呀！"

四五个小孩首先发言："我们会招待木头客人！叫他和我在一块睡！"然后争着说："我的床大！"另一个就说："我的床香！"说着说着就要打起来。

这时候老太太说了话："谁也不要争，大家组织一个招待委员会，到屋里去商议吧！"

"好！好！好！"小孩一齐喊。然后不由分说，便把小木人抬了起来，往屋里走。

不大一会儿，委员会组织好。老人做睡觉委员，专去睡觉，不用管别的事，因为上了年岁的人是要早睡的。老太太和小媳妇做烹调委员，把家中的腊肠腊肉和青菜都要做一点来，慰劳木头客人。大姑娘做编织委员，要极快地给小木人编一双草鞋和一顶草帽。小孩们做宿舍委员，把大家的床都搬到一处，摆成一座大炕，大家好和小木人都睡在一起，不必再起争执。

热闹了半夜，大家才去睡觉。小木头人十分感激，眼中落出木头泪珠来。拾起木泪，送给孩子们每人两个，作为纪念品。他虽是这样地感激大家，大家可是还觉得招待不周。真的，谁不尊敬出征的人呢？出征的人都是英雄！

第二天清早，小木人便起来向大家告辞。大家一致挽留，小木人可不敢耽误工夫，一定要走。一家老小见挽留不住，也就不便勉强，因为他们知道出征是重要的事啊。大姑娘已把草鞋和草帽编好，送给小木人。他把草鞋系在腰间，草帽放在背上，到下雨的时候再去穿戴。老太太把两串腊肠挂在他的脖子上，很像摩登小姐戴的项链，不过稍粗了一点而已。小媳妇给他煮了五个鸡蛋，外加两个皮蛋、两个咸鸭蛋。小孩们没有好东西送给他，大家就用红笔在他的草帽帽沿上写了“出征的木人”五个大字。老人本想把自己用的长杆烟袋送给他，怎奈小木人并不吸烟。于是，忽然心生一计，说：

“小木人呀，我替你写封家信吧，好叫你妈妈放心。”

小木人很愿意这么做，就托老人替他写，并且拿出两个鸡蛋，也请老人给贴上邮票寄给妈妈和哥哥。老人问他家住哪里。他记得很清楚：“木县，木头村，第一号。”

老人写完信，小木人用木头嘴在纸面上印了几个吻，交给老人替他交到邮局。而后，向大家一一敬礼，告辞。大家都恋恋不舍，送到门外。小孩子们和小狗一直送到二里多地，才洒泪而别。

小木人一路走去，甚是顺利。因为他的草帽上有“出征”的字样，所以到处受欢迎，食水宿处全无半点困难，而且有几处小学校，请他讲演。他虽没有什么了不起的口才，但是理直气壮，也颇能感动人。有些小学生因给他拍掌，竟将手掌拍破；有些小学生想跟他一同到前方去，可是被先生们给拦住了。

走了一个星期，他还没走到前线。小木人心中暗想："中国是多么伟大呀，敢情地图上短短的一条线就得走许多日子呀！"在这几天里，他看见几处城市都有被炸过的痕迹，于是就更恨日本鬼子，非去报仇不可。

走到第十天头上，正是晌午，他来到一座大城。还没进城，他就看见有许多人从城内往外跑。小木人一猜就猜对了：准是有空袭。虽然猜到了，他可是丝毫不怕。他一直奔了城墙去。站在墙根，他抬头往上看。城墙，从远处看，是很直的。凑近了一看，那一层层的大砖原来也有微微的斜度，像梯子似的，不过是很难爬的梯子罢了。再说吧，城墙已经很老，砖上往往有些坑儿，也可以放脚。小木人看完了墙，再低头看自己的脚。他不由得笑了一笑。他的脚是多么瘦小伶俐呀。好吧，他决定爬上城墙去。紧了紧身上的东西，他就开始往上爬。爬到中腰，墙上有一棵歪脖的酸枣树，树上结着些鲜红的小枣，像些珠子似的发着光。小木人骑在树干上，休息一会儿，往下一看，看见躲避空袭的人像潮水一般的往城外走。他心中说："泥人舅舅大概就是这样死的，非报仇不可！"说着，心中一怒，便揪上一把酸枣子，也不管酸不酸，全放在了嘴中。

爬上了城墙，小木人跟猴子一样伶俐，连跑带跳地就上了城楼的尖儿。哎呀，多么好看哪！往上看吧，天比平日远了许多，要不是叫远山给截住，简直没有了边儿呀！往下看吧，一丛一丛的绿树，一块一块的田地，一处一处的人家，都像小玩艺似的，清清楚楚的，五颜六色的，摆在那里。人呀，马呀，牛呀，都变成那么一小块、一小块的在地上慢慢地动。小木人，这时候，很想布人哥哥。假若小布人哥哥现在也在这里，该多么高兴呀。恐怕就是妈妈也没有见过这么美的景致吧，小木人越想越高兴，不觉地拍起手来。哪知道，小木人正在欢喜，远远地传来了最讨厌的声音。轰隆，轰隆，好讨厌，就像要把青天顶碎了似的。小木人立在城楼尖上，往远处望，西北角上发现了几只黑小鸟。他指着那小鸟骂道："可恶的东西，你们把泥人舅舅炸碎，还又来炸别人吗？我今天不能饶了你们！"

说时迟，那时快，眼看着敌机到了头上。小木人数了数，一共是六架。飞机都飞得很低，似乎有要用机枪扫射下面的样子。小木人急中生智，把自己的木棍和鸡冠枪全放下（这两件东西至今还在城楼上呢），看飞机来到，就用了全身的力量往上一跳。这真冒险极了，假若他扑了空，就必定跌落下来，尽管他是枣木身子，也得跌碎了哇。可是，他这一下跳得真高。一伸手，他抓住一架飞机的尾巴。左手抓，右手把腰间的绳子——童子军不是老带着一条绳子吗——解下来，拴在飞机尾巴上。然后，他拴了一个套儿，把头伸进去，吊住了脖子。要是别人这样办，一会儿就必伸了舌头，成了吊死鬼。但是小木人的脖子是木头的，还怕什么呢。这样吊在飞机尾巴上，飞机上的人就不会看到他。他们看不见他，他就可以随着飞机回到飞机场呀。到了敌人的飞机场又怎样呢？

小木人正在思索，让咱们大家也慢慢地想想看吧。

在飞机尾巴吊着，是多么有趣的事呀！看吧，这又比城楼高得多了。连山哪，都不过是一道道的小绿岗儿；河呀，不过是一条线！真好看，地上只是一片片的颜色，黄的，绿的，灰的，一块块的，一条条的，就好像一个顶大顶大的画家给画上的。更有趣的是飞机一会儿钻到云里去，一会儿又钻出来。钻进去的时候，什么也看不见，只被一片雾气包围着，有的地方白一点，有的地方黑一点，大概馒头在蒸锅里就是这样。慢慢的，雾气越来越白越少了，哈！钻出来了！原来飞机已经飞到云上边去！上边是青天大太阳，下边是高高矮矮的黑白的云堆，像一片用棉絮堆成的山。山峰上都被日光照得发着金光。哎呀，多么美丽呀！多么好看呀！小木人差一点就喊叫出来。虽然他就是喊起来，别人也听不见。可是他不能不小心哪。

一会儿，又飞到了一座城，飞机排成了一字形。小木人知道，这是要投弹了。他非常地着急，非常地愤恨，可是一点办法没有。“等一会儿看吧，看我怎样收拾你们！”他只能自言自语地这么说。说罢，他闭上了眼，不忍看我们的城市被敌人轰炸。

飞机投了弹，很得意地往回飞。这时候，小木人顾不得看下面的景致了，闭着眼一劲儿想好主意，想着想着，他摸了摸身上，摸到一盒洋火。他笑了笑。

飞机飞得很低了，小木人想，这必定是到了飞机的家。他往上纵一纵身，两手扒住飞机尾巴，尾巴前面有个洼洼，他就放平了身子，藏在那里。飞机盘旋地往下落，他觉得有点头晕，就赶紧把脚拼命地蹬直，两手用力攀住，以免头一晕，被飞机给甩下去。

飞机落了地，机上的人们都匆忙地下去。小木人斜着眼一看，太阳还老高呢，机场上来来往往还有不少的人。他想呀，现在若是去用火柴烧飞机，至多不过能烧一架，机场上人多，而且架着好几架机关枪呀。莫若呀，等到夜里再动手，把机场上所有的飞机全烧光，岂不痛快吗？好在脖子上的腊肠还剩有一节，也不至于饿得发慌。越想越对，他也就大气不出地先把腊肠吃了。

吃完腊肠，他想打个盹儿，休息休息。小木人是真勇敢，可是粗心的勇敢是不中用的。幸而他还没有真睡了，要是真睡去，滚到空地上来，他就可以被日本人活捉了去。那可怎办呢？你看，他刚一闭眼，就听见脚步声。原来，飞机回到机场是要检查的呀，看看有没有毛病，以免下次起飞的时候出险呀。那脚步声便是检查飞机的人来了哇！小木人的心要跳出来！假若，他们往飞机尾巴下面看一眼，他岂不要束手被擒吗？他知道，事到如今，绝不可害怕逃走。他一跑，准叫人家给逮住！他停止了呼吸，每一秒钟就像一个月那么长似的等着。幸而，那些人并没有检查这一架飞机，而只由这里走过——小木人连他们皮鞋上的一点泥都看得清清楚楚的！

他再也不敢大意，连要打哈欠的时候都把嘴按在地上。就是这样，他一直等到天黑。

这是个月黑天，又有点夜雾。小木人的附近没有一个人。他只听得到远外的一两声咳嗽，想必是哨兵。他往咳嗽声音的来处望一望，看不见什么，一切都被雾给遮住。他放大了胆，从地上爬起来，轻轻地走出来几步，他要数一数这里一共有多少飞机。转了一个小圈，他已看到二十多架，他不由得喜欢起来。哎呀，假如一下子能烧二十多架敌机，该多么好哇！可是，他又想起了：只凭几根火柴，能不能成功呢？不错，汽油是见火就燃的。可是，万一刚烧起一架，而那些哨兵就跑来，可怎么办，不错呀，机场里有机关枪。可是他不会放呀！糟极了！糟极了……小木人自己念道着，哼，当兵岂是件容易的事呀。

无可奈何，他坐在了地上，很想大哭一场。

正在这个工夫，他听见了脚步声音。他赶紧趴伏在地上。来的是一个兵。小木人急中生智，把自己的绳子放出去，当作绊马索，一下子把那个兵绊倒。然后，他就像一道电闪那么快，骑在兵的脖子上，两只木头小手就好似一把钳子，紧紧地抠住兵的咽喉。那个兵始终没有出一声，就稀里胡涂地断了气。小木人见他一动也不动了，就松了手，可是还在他的脖子上坐着。用力太大，他有点疲乏，心中又怪难过的——他想，好好的一个人，偏偏上我们这里来杀人放火，多么可恨！可是一遇上咱小木人，你又连妈都没叫一声就死了，多么可怜！这么想了一会儿，小木人不敢多耽误工夫，就念念叨叨地去摸兵的身上：“你来欺负我们，我们就打死你！泥人舅舅怎么死的？哼，小木人会给舅舅报仇！”一边这么嘟囔着，他一边摸索。摸来摸去，你猜怎么着，他摸到两个圆球。他还以为是鸡蛋。再摸，嗬，蛋怎么有把儿呢？啊，对了，这是手榴弹。他在画报上看见过手榴弹的图，所以一见就认出来。

把手榴弹在手里摆弄了半天，他也想不起应当怎么放。他很恨自己粗心。当初，他看画报的时候，那里原来有扔掷手榴弹的详图，可是他没有详细地看。他晓得手榴弹是炸飞机顶好的东西，可是现在手榴弹得到手，而放不出去，多么糟糕！他赌气把手榴弹扔在了地上，又到死兵的身上去摸。这回摸到一把手枪。拿着手枪，他又想了想：现在只好用手枪打飞机的油箱。打完一架，再打一架，就是被人家给生擒住，也只好认命了，也算值得了。

当他打燃了第一架飞机的时候，四面八方的电铃响成了一片。他又极快地打第二架，打燃了第二架，场中放开了照明灯，把全场照如白昼。他又去打第三架。这时候，场中集聚了不知多少敌兵，都端着枪，枪上安着明晃晃的刺刀，向他包围。他急忙就地一滚，滚到一架飞机上面。他知道，他们若向他放枪，就必打了他们自己的飞机，那，他心中说，也不错呀，咱小木人和一架飞机在一块儿烧光也值得呀！

敌兵还往前凑，并没放枪。小木人一动也不动，等待着逃走的机会。敌人越走越近了，小木人知道发慌不但没用，而且足以坏事。他沉住了气。等敌兵快走他身前了，他看出来，他们都是罗圈腿，两腿之间有很大的空档儿。他马上打好主意。猛地，他来了一个鲤鱼打挺，几乎是平着身子，钻出去。兵们看见一条小黑影由腿中钻出，赶紧向后转。这时候，小木人已跑出五十码。他们开了枪。那怎能打中小木人呢？他是那么矮小，又是低头缩背，膝盖几乎顶住嘴地跑，他们怎能瞄准了哇？可是，他们也很聪明，马上都卧倒射击。小木人还是拼命地跑，尽管枪弹嗖嗖地由身旁，由头上，由耳边，连串地飞过，他既不向后瞧，也不放慢了步，一口气，他跑出机场。

后面追来的起码有一百多人，一边追，一边放枪。小木人的腿有点酸了，可是后面的人越追越紧。眼前有一道壕沟，他不管三七二十一，便跳了下去。跳下去，他可是不敢坐下歇息，就顺着沟横着跑。一边跑，一边学着冲锋号——嘀哒嘀哒嘀嘀哒！

追兵一听见号声，全停住不敢前进。他们想啊，要偷袭飞机场，必定有大批的人，而这些人必定在沟里埋伏着呢，他们的官长就下命令：大眼武二郎，田中芝麻郎，向前搜索；其余的都散开，各找掩护。嗬，你看吧，武二郎和芝麻郎就爬在地上慢慢往前爬，像两个蜗牛似的。其余的人呢，有的藏在树后，有的趴在土坑儿里。他们这么慢条斯理地瞎闹，小木人已跑出了一里地。

他立住，听了听，四外没有什么声音了，就一跳，跳出了壕沟，慢慢地往前走。走到天明，他看见一座小村

子。他想进去找点水喝。刚一进村外的小树林，可是，就听见一声呼喝，站住！口令！树后面闪出一位武装同志来，端着枪，威风凛凛，相貌堂堂。小木人一看，原来是位中国兵。他喜得跳了起来。过去，他就抱住了同志的腿，好像是见了布人哥哥似的那么亲热。同志倒吓了一跳，忙问："你是谁？怎回事？"小木人坐在地上，就把离家以后的事，像说故事似的从头说了一遍。同志听罢，伸出大指，说："你是天下第一的小木人！"然后，把水壶摘下来，请小木人喝水。"你等着，等我换班的时候，我领你去见我们的官长。"

太阳出来，同志换了班，就领着小木人去见官长。官长是位师长，住在一座小破庙里。这位师长长得非常的好看。中等身量，白净脸，唇上留着漆黑发亮的小黑胡子。他既好看，又非常和蔼，一点也不像日本军人那么又丑又凶。小木人很喜爱师长，师长也很喜欢小木人。师长拉着小木人的手，把小木人所做的事问了个详细。他一边听，一边连连点头，而且叫司书给细细记了下来。等小木人报告完毕，师长叫勤务兵去煮十个鸡蛋慰劳他，然后就说："小木人呀，我必把你的功劳，报告给军长，军长再报告给总司令。你现在怎办呢？是回家，还是当兵呢？"

小木人说："我必得当兵，因为我还不会打机关枪和放手榴弹，应当好好学一学呀！"

师长说："好吧，我就收你当一名兵，可是，你要晓得，当兵可不能淘气呀！一淘气就打板子，绝不容情！"

小木人答应了以后不淘气，可是心中暗想，咱小木人才不怕挨板子呀！

师长从村子里找来个油漆匠，给小木人改了装。他本穿的是童子军装，现在漆成了正式的军服，甚是体面。

从此，小木人便当了兵。每逢和日本人交战，他总做先锋，先去打探一切，因为他的腿既快，眼又尖，而且最有心路啊。

有一天，小布人在学校里听到广播，说小木人烧了敌机，立下功劳。他就向先生请了一会儿假，赶忙跑回家，告诉了母亲。妈妈十分欢喜，马上叫小布人给弟弟写一封信。小布人不加思索，在信纸上写了一大串“一”字，并且告诉妈妈，这些“一”字有长有短有直有斜，弟弟一看，就会明白什么意思。

写完了信，小布人向妈妈说，他自己也愿去当兵。妈妈说：“你爱读书，有学问。应当继续读书，将来得了博士学位，也能为国家出力。你弟弟读书的成绩比不上你，身体可是比你强的多，所以应该去当兵杀敌。你不要去，你是文的，弟弟是武的，咱家一门文武双全，多么好哇！”

小布人听了，就又回到学校，好好读书，立志要得博士学位。